TALES OF THE OLD WEST

HOME ON THE PRAIRIE

Written by Neil and Ting Morris
Illustrated by Anna Clarke
Historical advisor: Marion Wood

MARSHALL CAVENDISH
NEW YORK · LONDON · TORONTO · SYDNEY

Library Edition published 1989

Published by Marshall Cavendish Corporation
147 West Merrick Road
Freeport
Long Island
N.Y. 11520

Library edition produced by DPM Services Limited

Library of Congress Cataloging-in-Publication Data

Morris, Neil.
    Home on the Prairie.

    (Tales of the American West)
    Summary: Presents the adventures of one family of pioneer settlers on the prairie, after the Homestead Act of 1862 opened up the west. Information pages supply additional facts about life in the American West.
    [1. Frontier and pioneer life – Fiction. 2. West (U.S.) – Fiction] I. Morris, Ting. II. Clarke, Anna, ill. III. Title. IV. Series: Morris, Neil.
Tales of the American West.
PZ7.M8284Ho 1989   [Fic]   89-987

ISBN 1-85435-165-6
ISBN 1-85435-163-X (Set)

Printed in Hong Kong

INTRODUCTION

A new nation was born in 1783 when the Revolutionary War ended and the United States gained independence. At that time, the western boundary was formed by the Mississippi River. Beyond was a vast wilderness, the home of wild animals and nomadic tribes of Plains Indians.

In 1803, the United States made the Louisiana Purchase, buying over 1,250,000 square miles of land from the French. For an agreed sum of $15,000,000, this deal more than doubled the territory of the previous 17 states of the young republic. The new land stretched westward from the Mississippi to the Rocky Mountains. Soon, daring pioneers and fur trappers started forging trails into the forests, mountains, and deserts of this unmapped new territory.

In 1862, Congress passed the Homestead Act. This law allowed any adult to have 160 acres of land if they put up their own house and produced a crop within five years. The settlers who came west to take up land did not see themselves as taking territory from the native Indians: they came to find good farming land. At first, the settlers used sod or turf as building materials, but when they could afford or find the wood, they built more substantial log cabins. The new railroads opened up the West and attracted even more people to settle on the prairies.

This is the story of one family of settlers and their adventures on the prairie. The information pages with the rifle border will tell you more about the life and work of the settlers of the Old West.

After weeks of traveling, Father stopped the wagon. "This is our
new home," he said. "But where is the house?" the girls asked.
"We'll build it right here," Father told them. "Why not closer to the
river?" asked Tom. "Because this is Indian country, and we don't
want enemies," his mother said.

4

The girls quickly felt at home. "Look at the flowers we picked for you," Rosy said when her mother came back with water. "There's no one at the creek," she told her husband. But Tom had found Indian tracks. "Can't be too careful," he said. "*I'll* go for water from now on."

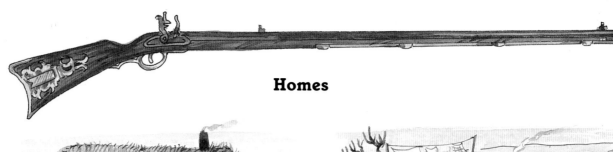

Homes

There were few trees on the prairie, so the settlers used sod or turf as building material. Blocks of sod were built up like a brick wall. Door and window frames were made from packing cases. Cracks were filled in with mud.

Some homesteaders made their homes in dugouts. They dug a cave into the side of a hill so that they only needed to build a front wall.

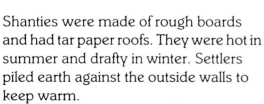

Shanties were made of rough boards and had tar paper roofs. They were hot in summer and drafty in winter. Settlers piled earth against the outside walls to keep warm.

As soon as the family could afford the wood, they built a log cabin with a wooden floor. The settlers' houses had no plumbing, and the privy was in an outhouse.

6

Soon, they planted their first crops. But one day, when they were plowing, their last blade broke. "I've talked it over with your mother," Father said. "We're out of money. I'll get a job on the railroad and be back in time for harvest."

Tom begged his father to let him come. "Two of us stand a better chance of getting a job," he said. "Mother and the girls will be safe on their own. I've kept a lookout, and there are no new Indian tracks. They've gone for good."

Tom had finally got his way. He and his father were hired as tracklayers, but it was hard and dangerous work. The crew worked in constant danger of attack by Indians. The tribes feared the "iron horse" that was spreading across their land. It was an all-out war for survival.

Railroads

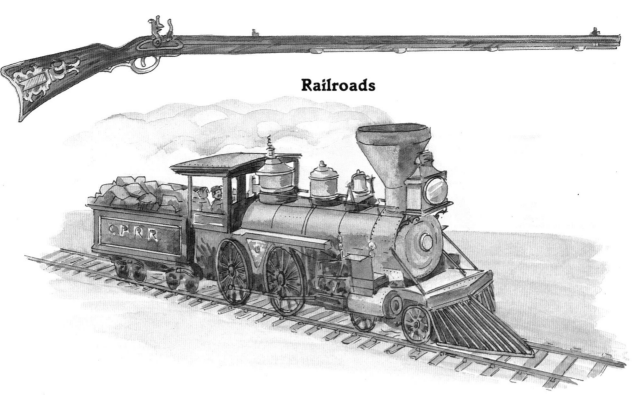

The Central Pacific woodburning locomotive, Jupiter.

In 1862, two companies began work on a railroad between the Missouri River and the Pacific coast. This railroad opened up the Far West and attracted more people to settle on the prairie. The Central Pacific track was built eastward from Sacramento, and the Union Pacific track went west. The two lines followed the California trail and met up in May, 1869.

Building a railroad was hard work. Chinese coolies laid most of the tracks for the Central Pacific. To blast a way through the sides of the mountains, men were lowered in baskets. For blasting, black gunpowder was fired from close up. The men only had handtools, picks, shovels, and saws. Often, the track-laying crew worked in danger of Indian attacks. The native tribes feared that the "iron horse" would bring more buffalo hunters and settlers into their territory.

Tom was posted as a lookout, and every day, he saw hundreds of buffalo killed. They provided meat for the railroad workers, but most of the animals were left to rot. There were times when Tom could understand the Indians' anger.

One night, Indian warriors attacked. When they had been beaten off, Tom's father told him he must go home. "There have been massacres all over the plains. You must go and look after your mother and sisters," he said.

Tom knew his father was right. He had never seen so many Indians on the war path. He left at once and took the stagecoach from the nearest stopping place to speed up the journey.

"Not long now," Tom thought. Suddenly, two masked riders
appeared. "Throw down the box!" a voice shouted. The driver
unchained the strongbox as Tom pulled the trigger. His bullets hit
the bandits. "Tie them up and take them to the sheriff," Tom said.
"I'll take the horses as my reward!"

Travel in the West

Before the railroads spread across the West, stagecoaches carried passengers, mail, and valuables. One of the most famous stagecoaches was the Concord. It carried up to 14 passengers, with room for their luggage and a strongbox for valuables. Guards, riding "shotgun," usually went along to protect the coach against bandits and Indian attacks. The biggest stagecoach line was run by the Wells Fargo company.

The fastest mail service—13 days from East to West—was run by relays of pony express riders. They used the California trail and changed their ponies three times at relay stations along the route. Pony express riders were boys chosen for their lightness, speed, and fearlessness. The pony express service only lasted 18 months. Once the telegraph lines were opened, messages could travel in Morse code in a few minutes.

Tom rode as fast as he could. But, when he reached the creek near home, he saw a new trail and then . . . teepees . . . many teepees and Indian braves, women, and children. Tom felt really scared. Were his mother and sisters still alive?

He rode on, through the fields where the wheat was now growing high. And there was the little house. He shivered when he saw two Indians leaving. What had they done to his family?

"Mother, thank heavens you are all right," Tom cried.
"We are fine, Tom," his mother said. "The Indians didn't harm us.
They gave us water in exchange for my cornbread and some of
father's tobacco. But now we have run out of everything, and
there is no more water."

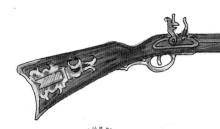

Water

The settlers often dug a well near their sod houses or log cabins and hauled water up in buckets.

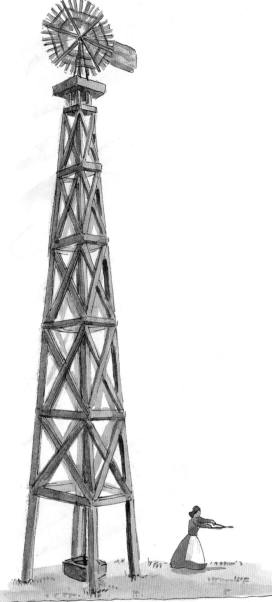

Sometimes, the water was very deep underground, and farmers built windmills to haul up the water. To find water, a so-called "water witch," or deviner, used a Y-shaped willow switch. When the switch trembled, it meant that water lay directly below.

Where there were rivers, settlers dug ditches and built wooden sluiceways to bring water down to their farms.

Tom promised his mother that from now on they would have their own water. Early the next day, he started digging a well. "More rope!" he shouted from the deep pit, and then, "Water!" "It's the best water I've ever tasted," Rosy said.

They were all so excited that they hardly noticed the terrible heat that was growing and growing. Suddenly, Tom saw a wall of flames moving across the open plain towards them.

They were saved by a torrential rain storm. Water came pouring through all the cracks and the roof. "Get under the table," Mother shouted as the roof came crashing down. Luckily, no one was hurt. "We'll build a stronger and better house next time," Tom told his sisters.

18

"All our work has been destroyed," Tom said to his mother. "The crops Father planted; the house you made our home."
"But we are all well, Tom, and that's what matters most," she said. "It's harvest time, and Father will be back soon."

Tom ran down to the creek. The teepees had gone. The Indians had moved on. He looked around at the trees. "We could build a log cabin," he thought. "This is Indian country." His mother's words came back to him.

"But it's our country, too," Tom thought as he ran back. There was a wagon outside their broken home, loaded with timber. His father was back. "There won't be much harvesting," Father said, "so let's start the house. I brought plenty of wood."
"And there's more by the creek," Tom said.

Farming tools

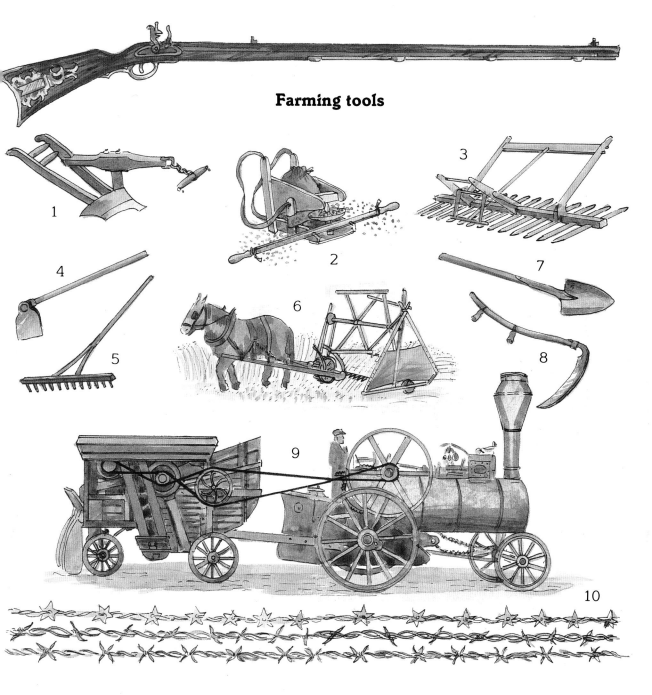

Horses and oxen were used to pull farm machines, and steam engines were introduced later.
1. Plow; 2. Seed fiddle. It was claimed that a sower with a fiddle could sow up to four acres an hour; 3. Hay rake; 4. Hoe; 5. Rake; 6. Reaper; 7. Spade; 8. Scythe; 9. Thresher powered by steam engine; 10. Barbed wire. Its use helped hardworking settlers to farm the land without fear of longhorn cattle trampling their crops.

Within a few days, they moved into the new log cabin. "When will our beds be ready?" the girls asked.

"At bedtime," father said. "And remember, whatever you dream on your first night will come true." For Tom, their dream had already come true—a real home on the prairie.

This map of the Old West shows the railroad and stagecoach routes which the settlers used to travel westward.

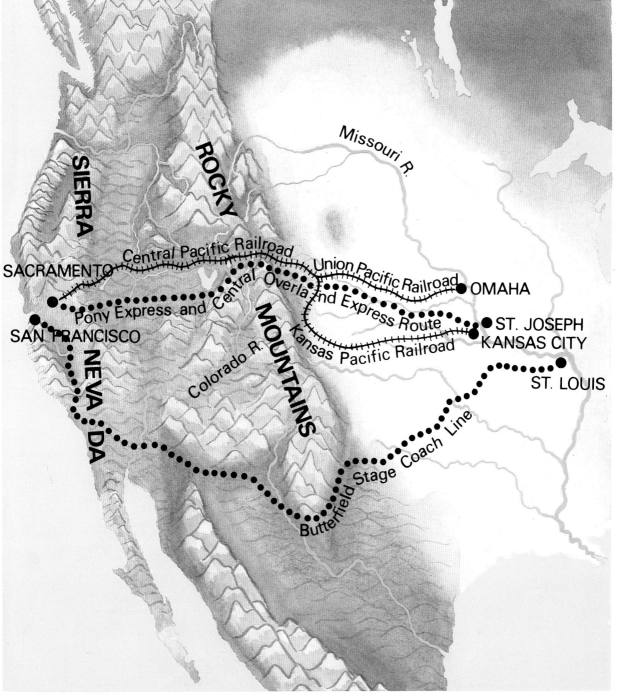

SIERRA

ROCKY

Missouri R.

Central Pacific Railroad

SACRAMENTO

Union Pacific Railroad

OMAHA

Pony Express and Central Overland Express Route

ST. JOSEPH

SAN FRANCISCO

KANSAS CITY

NEVADA

MOUNTAINS

Kansas Pacific Railroad

Colorado R.

ST. LOUIS

Butterfield Stage Coach Line

Advertencia

Si estás siguiendo un tratamiento psiquiátrico o en el pasado has sufrido algún episodio de enfermedad mental, consulta con tu médico antes de comenzar a practicar la relajación del útero. La autora no se responsabiliza de los posibles efectos que pudieran concurrir en tales circunstancias.

Agradecimientos

Es una tarde de otoño de 2011 y vuelo de vuelta a casa después de haber celebrado uno de mis talleres. A lo lejos, el Teide, poderoso, emerge del mar de nubes lechosas que cubre la isla de Tenerife. Mientras me alejo de él, me concentro en agradecer a la vida tanta belleza y dicha. He de reconocer que nada habría sido posible sin la red de hermosas mujeres que me rodean. Así que comenzaré por el principio.

Gracias a las mujeres de mi familia, de las que tanto he aprendido.

Gracias a mi hija, Lucía, la verdadera clave de esta búsqueda interior. Razón principal de mi deseo de libertad. Con ella aprendí a amar. Mi maestra.

Gracias a mi hijo, Jesús, que me ofreció la oportunidad de gozar de una segunda maternidad deseada y de un parto maravilloso. Su presencia es fuente de Amor y alegría.

Gracias a los hombres de mi vida, los que siguen formando parte de ella y los que pasaron.

Gracias a Casilda Rodrigáñez, por su lúcido trabajo y su aportación a las consecuencias que el patriarcado ha impuesto en el cuerpo de la mujer.

Gracias a J. H. Schultz, neurólogo alemán de principios del siglo xx que nos legó el entrenamiento autógeno, que me ha permitido relajar mi cuerpo, mis emociones y mi alma…, y a miles de mujeres también.

Gracias a todas las mujeres que nos han legado su sabiduría y experiencia a través de la historia.

Gracias a ti, lectora, porque en este viaje vamos juntas, unidas por hilos invisibles que nos conectan de forma sutil. Te agradezco profundamente estar en el intento de hacer de éste un mundo mejor.

Prólogo

«Las taras de nuestra sociedad sobre el cuerpo de las mujeres se arraigan en una tentativa secular de controlar y de colonizar a las mujeres. Nuestros sentimientos colectivos de repulsión, de vergüenza y de alienación son las consecuencias de una guerra —un conflicto llevado a cabo en el territorio de nuestros cuerpos—. Ese conflicto, que se despliega en el terreno de lo que nos define como mujeres, se desarrolla a través de la regulación, el control, la supresión y la ocupación de prácticamente todos los aspectos de nuestro ser físico —sexualidad, vestimenta, apariencia, comportamiento, fuerza, salud, reproducción, silueta, tamaño, expresión y movimiento—. Los efectos de esa guerra sobre nuestros cuerpos, nuestros pensamientos y nuestros estados de ánimo son similares a los efectos de la violencia sobre el terreno de cualquier otra guerra —sufrimiento, caos, hambruna, mutilación, devastación e incluso muerte».[1]

El cuerpo de las mujeres ha estado sometido a muy diversas miradas, apreciaciones y calificaciones a lo largo de la historia, y ha sido considerado de muy diversas formas por todas las diversas culturas patriarcales. Siempre un cuerpo regido por normas que no han decidido las mujeres, un cuerpo que es la mirada y la decisión del Otro, quien las normativiza, quien les dice cómo han de ser, cómo han de vestir, cómo han de estar. Este proceso conduce a muchas mujeres al extrañamiento de su propio cuerpo, como si ya

---

1. Rice, C.: «*Out from Under Occupation. Transforming Our Relationships with Our Bodies*». Journal Canadian Women Studies/Les Cahiers de la Femme. Vol 14. n.º 13. Julio 1994.

no fuera suyo, porque muchos intereses están decidiendo en él. El cuerpo, su cuerpo, como cuerpo reproductivo, capaz de «dar» hijos, capaz de crear y capaz de someterse a las leyes de la reproducción, toda su vida. Cuerpo destinado a las tareas del cuidado de toda la familia, de los mayores, y de las/os discapacitadas/os y enfermas/os, un cuerpo para curar y cuidar que acaba enfermando de tanto encargarse de los demás. Un cuerpo sexuado para que dé placer por las noches y un cuerpo asexuado de las que no quieren que su cuerpo sea tocado ni desean tener el placer de que otras personas las abracen y las besen.

El extrañamiento del propio cuerpo acompañado de la ignorancia sobre el funcionamiento de los propios órganos internos ha constituido la base ideológica que ha permitido la represión sobre el cuerpo de la mujer. El útero en especial, y desde los tiempos de Aristóteles, se ha asociado a la gran diferencia de las mujeres frente a los hombres, y considerado desde el principio como la base de la feminidad. En el útero se arraigaba un nuevo ser durante el embarazo, y la mayoría de las dolencias de las mujeres se localizaron en el útero. Esta localización en el *histerus* acabó dando nombre a las patologías desconocidas de algunas mujeres que convulsionaban y retorcían su cuerpo en circunstancias en que no podían expresar claramente sus sentimientos o su dolor, ni verbalizarlo. La denominación de «histeria» o de «manifestaciones histéricas» ha etiquetado muchas de las manifestaciones clínicas del cuerpo de las mujeres, que a veces reprimen su sintomatología para ahuyentarse de un rápido y precipitado diagnóstico. El mismo dolor menstrual cuando es intenso se ha catalogado como dolor histérico en lugar de haber estudiado si existe alguna causa biológica que lo haya producido, o en lugar de intentar paliarlo con una mejor armonía del cuerpo de las mujeres.

El libro de Mónica Felipe-Larralde nos permite introducir a las mujeres en aspectos desconocidos del funcionamiento de sus propio cuerpo, de su ciclo menstrual y de su útero, con una base científica y neuroendocrinológica del funcionamiento de sus órganos genitales internos. Y, por otra parte, se introduce en los elementos del entorno y en las relaciones de armonía con sonidos, y los ejercicios de relajación que nos permiten retornar a la armonía interna cuando se ha roto por condiciones de estrés o por trastornos emocionales intensos.

Una de las agresiones que más ha afectado a la salud física y mental de los seres humanos es la consideración de que las mujeres y los hombres presentan un comportamiento separado del cuerpo y de la mente. El cerebro humano cuenta, para su funcionamiento, con los mismos neurotransmisores que contiene el intestino, y el cuerpo responde con todo el organismo cuando siente miedo o cuando siente pasión positiva, por lo que todo abordaje de modificación debe atender a toda la armonía del funcionamiento interno.

Cuando de forma falsa se atribuye a problemas mentales todas las alteraciones del cuerpo o el dolor de la menstruación o el síndrome premenstrual, se acaba produciendo una introducción de la biopolítica en la subjetividad. De un malestar más o menos intenso, de estar sufriendo una dismenorrea intensa, se pasa del estar enferma al ser enferma. Se convierte en víctima de algo real o del imaginario que en su interior se convierte en real. El proceso de victimización culmina cuando el cuerpo de las mujeres se convierte en objeto de mercado y de manipulación por medio de la cosmética, la cirugía estética y la medicalización de todos los procesos de su cuerpo: de los fisiológicos, como la menstruación, el parto o la menopausia, y de los mentales, ya que a veces incluso el duelo de una pérdida o el de una separación es medicalizado. «Como si no sentir nada fuese la panacea de la felicidad. Sumisas, obedientes, "femeninas" y sin sensaciones ni sentimientos, parece ser el objetivo del ideal androcéntrico, que es superior, y que las prefiere víctimas a seres humanos, con capacidad de sentir y de amar».[2]

Evitar la victimización y dar recursos para superar los dolores que puede producir la represión sobre el propio útero y los genitales son las estrategias que podemos encontrar en el libro de Mónica Felipe-Larralde, que nos introduce con verbo hábil en las técnicas del entrenamiento autógeno de Schultz. El exterior se puede comunicar con el interior del cuerpo y se puede hacer que las células internas abran un camino de comunicación con el exterior. Empezar a conectar con un interior que había sido como mínimo ignorado, y la mayoría de las veces reprimido, nos incrementa las dimensiones de los órganos internos y les permiten una vida nueva con una mejor percepción del propio interior. Los consejos de Mónica facilitan la conexión interna personal, que no es sólo una huida del dolor sino también un reencuentro con el placer. Os recomiendo, además de la lectura del libro y del seguimiento de sus ejercicios, la visita de su blog: www.elutero.es

Aunque parezca alejado de la actual práctica de la medicina que intenta resolver sólo con sedantes, antidepresivos o analgésicos o anovulatorios los

---

2. Valls-Llobet, C: *Mujeres, salud y poder*. Cátedra, 2009.

dolores menstruales o los síndromes previos a la menstruación, las estrategias propuestas en este libro permiten un reencuentro con el propio cuerpo a todas las edades, este cuerpo que ha sido reprimido, normativizado y que no se ha podido expresar todavía a lo largo de los siglos. Las técnicas de reencuentro pueden servir también como técnicas de renacimiento personal, que son imprescindibles para lograr un cambio de orientación y decisión de las propias vidas, fase necesaria para lograr superar la victimización y que ya nos propuso María Zambrano: «Ya que no he podido morir, he decido nacer por mí misma», al cambiar la orientación de su propia vida después de sanar de una tuberculosis a los veinte años.[3] Aunque puede parecer un libro destinado sólo a las mujeres jóvenes, son muchas las mujeres que ya en la menopausia se pueden beneficiar de sus consejos, porque todas las mujeres deberían saber que tienen una nueva oportunidad de conocerse mejor y de decidir con la fuerza de la voluntad cuál es su propio deseo, y acercarse a él con nuevas técnicas, nuevos bagajes y con menos ignorancia.

Dra. Carme Valls Llobet.
    Médica dedicada a la asistencia en Medicina Interna y Endocrinología. Directora del Programa «Mujeres, Salud y Calidad de Vida» del Centro de Análisis y Programas Sanitarios (CAPS) de Cataluña. Autora de los libros Mujeres invisibles y Mujeres, salud y poder.

Contacto: caps@pangea.org

---

3. Valls-Llobet, C: *Mujeres invisibles*. Ed. de Bolsillo, 2006.

Prefacio

Cómo llegué a interesarme por relajar mi útero es una pregunta que suelen hacerme durante mi trabajo con mujeres. Y no tiene una respuesta rápida. Después de casi dos décadas de trabajar el cuerpo con yogas y otras técnicas, de horas de meditación, de terapias y maestros, doctrinas y caminos, de búsqueda incansable que pudiera explicarme por qué y para qué estaba en este mundo, algo en mi interior continuaba indicándome que no estaba en el camino adecuado. Tenía la sensación de no estar ocupando mi espacio, mi propia existencia, de estar reducida. Podría decir que me sentía insegura, perdida, me faltaba energía y vitalidad, mostraba una incapacidad para concretar lo que me importaba y para expresar lo que pensaba y sentía, navegaba a la deriva de mis emociones…

En definitiva, sentía que no era Yo quien llevaba el timón. Todo el potencial infinito que intuía en mi interior o que experimentaba en mis meditaciones quedaban luego, en el día a día, reducidos a un sentimiento de incapacidad que me vencía en muchas situaciones.

Entonces, una lectura me puso en la pista. Al leer el libro *La represión del deseo materno y la génesis del estado de sumisión inconsciente* de Casilda Rodrigáñez, comprendí. No era un problema exclusivamente mío. No se trataba sólo de mí y mis circunstancias. Mi sentimiento de incapacidad y extrañeza no era exclusivo, sino que lo compartíamos todas las mujeres. Como resultado de la educación recibida y de la sociedad patriarcal en la que nos habíamos desarrollado, la mayoría de las mujeres y los hombres habíamos perdido el poder, la capacidad de actuar, el ser quienes somos. El dominio sobre nuestras vidas, nuestros intereses y nuestras inquietudes se había diluido en la inmensidad de las obligaciones, en las ideas impuestas a través de la educación, en la represión emocional y sexual y en lo que nuestra cultura y sociedad consideraba «normalidad».

Muchas personas piensan que el patriarcado es el poder de los hombres, mientras que el matriarcado lo es de las mujeres. Sin embargo, más allá de esto, el patriarcado es una forma de relacionarnos los seres humanos. En el patriarcado, hombres y mujeres nos relacionamos desde la competitividad: competimos por el cariño de otra persona, por ser mejores que…, por tener más… y en el camino explotamos y manipulamos a otros seres humanos. Competimos con la naturaleza y en el camino esquilmamos los recursos naturales y alteramos los ecosistemas. Esta visión del mundo se puede ampliar a cualquier ámbito de la vida que desees: desde el sistema educativo hasta la macroeconomía.

En este modelo patriarcal existe una jerarquía de poderes. El hombre prevalece sobre la mujer, los adultos, sobre los niños, y los niños mayores, sobre los más pequeños. A poco que pongas atención a lo que ocurre a tu alrededor, podrás observarlo. Se trata de una sociedad cuyas relaciones se estructuran de forma vertical y donde unos individuos tienen más poder que otros. O lo que es lo mismo: se producen relaciones de dominación y sumisión. Observa cómo se trata a las niñas pequeñas. En muchas culturas aún hoy en día, tener una hija es una decepción para la familia. Lo que se valora es tener un hijo varón. Hay países en los que existe un serio problema demográfico motivado por el aborto selectivo de niñas por razón del sexo. Por ejemplo, en India, donde se estima que hay unos siete millones menos de mujeres que de hombres, como resultado de la práctica habitual de abortar a la segunda hija. O en China, donde la política de hijo único ha provocado que muchas mujeres opten por abortar en un primer embarazo al feto mujer, para que el único hijo que pueden tener sea un hombre. Estas acciones no son casualidad, o elementos extraños de culturas exóticas, sino que nos muestran una realidad más amplia que tiene que ver con el hecho de que estas culturas y la nuestra compartimos el patriarcado, y en mayor o menor medida estamos afectadas por él. Te recuerdo que nosotras hemos sido niñas pequeñas, es decir, hemos estado en el último eslabón de la cadena de poder, por lo que aquello que queríamos, deseábamos, expresábamos o creábamos no era importante. Esto es, no nos han permitido Ser. Ese «no Ser una misma» es el resultado de una educación en la que no se valora lo que eres, sino lo que haces, en la medida en que te adaptas a lo que los demás quieren de ti. Dice Abraham Maslow sobre la relación de los niños y sus padres: «Ellos lo quieren; pero desean, lo coaccionan o esperan de él que sea distinto. Por lo tanto, debe de ser inaceptable. El mismo niño aprende a creérselo y, al fin, lo da ya por supuesto. Ha renunciado de verdad a sí mismo. [...] El niño se ha visto rechazado no sólo por los demás, sino también por sí mismo».[1]

Quizá éste sea uno de los mayores dramas a los que nos enfrentamos los seres humanos: haber renunciado a ser nosotras mismas con el fin de alcan-

---

1. Maslow, A.: *El hombre autorrealizado. Hacia una psicología del Ser.* Ed. Kairón, 2005.

zar un modelo de cómo ser. La pena por salirnos del modelo o rol impuesto era la exclusión de la familia, la comunidad y la sociedad. Ser como los demás quieren que seas, y no como tú realmente eres, es un esfuerzo arduo que nos aleja de nuestra identidad más profunda y de la dignidad que como seres humanos traemos al nacer. Ser digna significa ser merecedora. ¿De qué? De amor, respeto, cuidados, prosperidad… Ser digna significa merecer expresarnos tal y como somos, honrar nuestra fuerza y asumir nuestra grandeza. Pero es imposible sostener un sistema patriarcal hecho de jerarquías y competitividad sin que los seres humanos que lo integran hayan perdido la capacidad de vivir desde la libertad y la autorregulación.

Nos han enseñado a ser niñas buenas, o lo que es lo mismo, niñas dóciles, sumisas, asexuadas, obedientes y calladas. Hemos aprendido a reprimir las emociones, a no expresar (sacar la presión), a empequeñecernos para encontrar nuestro espacio como mujeres en unos modelos reducidos y limitadores. Hemos aprendido a ser mujeres en una cultura alienante donde no podemos estirarnos sin que estallen las costuras de las buenas costumbres, la educación o el deber. Y caminar encogidas por la vida nos pasa factura. Nos duele el cuerpo y el alma, nos provoca malestar y enfado, nos volvemos irascibles y controladoras.

¿Y si la llamada «histeria» no fuera más que una respuesta sana a una sociedad enferma?

¿Y si el cuerpo nos duele porque nos duele el patriarcado?

¿Y si nuestro útero nos muestra las heridas más profundas del histórico sometimiento en el que ha estado ahogada la mujer por siglos?

Es increíble la relación que Occidente mantiene con el útero de las mujeres. La búsqueda en Internet de la palabra «útero» nos lleva irremediablemente a un enorme catálogo de enfermedades: cáncer de cuello de útero, endometriosis, miomas, histerectomías… Cuando comencé a investigar más, me sorprendió la falta de información que existía sobre otros aspectos que no fueran el órgano donde se desarrollan enfermedades y su función durante el embarazo. Tuve que revisar otros modelos de medicina y visiones alternativas del cuerpo humano para encontrar más información que pudiera darme alguna pista. Lo que se cuenta no es tan significativo en este caso como lo que ni se cuenta. Master & Johnson ya nos explicaron que el útero está involucrado en los orgasmos de la mujer y, sin embargo, décadas después el útero sigue apareciendo como un órgano desvinculado del placer en la mayoría de los libros de sexualidad.

Para el taoísmo, el útero es el primer motor energético del cuerpo de la mujer. Reprimir las emociones, ideas, creatividad, vitalidad… para adaptarnos al cómo se supone debe de ser una mujer en esta sociedad, sólo ha sido posible si en el proceso contraíamos el caudal de energía y vitalidad de este músculo y nuestro cuerpo. Y esto hemos hecho la mayoría de nosotras. Hemos cerrado el canal de vitalidad que emerge del útero para poder adaptarnos a las exigencias exteriores, bien por necesidad de afecto, bien para no desentonar…

Pero hemos pagado un alto precio.

No me arrepiento de nada

Desde la mujer que soy,
a veces me da por contemplar
aquellas que pude haber sido:
las mujeres primorosas,
hacendosas, buenas esposas,
dechado de virtudes,
que deseara mi madre.
No sé por qué
la vida entera he pasado
rebelándome contra ellas.
Odio sus amenazas en mi cuerpo.
La culpa que sus vidas impecables,
por extraño maleficio, me inspiran.
Reniego de sus buenos oficios;
de los llantos a escondidas del esposo,
del pudor de su desnudez
bajo la planchada y almidonada ropa interior.

Estas mujeres, sin embargo,
me miran desde el interior de los espejos,
levantan su dedo acusador
y, a veces, cedo a sus miradas de reproche
y quiero ganarme la aceptación universal,
ser la «niña buena», la «mujer decente»
la Gioconda irreprochable.
Sacarme diez en conducta
con el partido, el estado, las amistades,
mi familia, mis hijos y todos los demás seres
que abundantes pueblan este mundo nuestro.
En esta contradicción inevitable
entre lo que debió haber sido y lo que es,
he librado numerosas batallas mortales,
batallas a mordiscos de ellas contra mí
—ellas habitando en mí queriendo ser yo misma—
transgrediendo maternos mandamientos,
desgarro adolorida y a trompicones
a las mujeres internas

que, desde la infancia, me retuercen los ojos

porque no quepo en el molde perfecto

de sus sueños,

porque me atrevo a ser esta loca, falible, tierna y vulnerable,

que se enamora

como alma en pena

de causas justas, hombres hermosos,

y palabras juguetonas.

Porque, de adulta, me atreví a vivir la niñez vedada,

e hice el amor sobre escritorios

—en horas de oficina—

y rompí lazos inviolables

y me atreví a gozar

el cuerpo sano y sinuoso

con que los genes de todos mis ancestros

me dotaron.

No culpo a nadie. Más bien les agradezco los dones.

No me arrepiento de nada, como dijo Edith Piaf.

Pero en los pozos oscuros en que me hundo,

cuando, en las mañanas, no más abrir los ojos,

siento las lágrimas pujando,

veo a esas otras mujeres esperando en el vestíbulo,

blandiendo condenas contra mi felicidad.

Impertérritas niñas buenas me circundan

y danzan sus canciones

infantiles contra mí

contra esta mujer

hecha y derecha,

plena.

Esta mujer de pechos en pecho

y caderas anchas

que, por mi madre y contra ella,

me gusta ser.

Gioconda Belli.

Conociendo el útero

El útero es uno de los órganos del sistema reproductor interno femenino, junto a la vagina, las trompas uterinas o de Falopio y los ovarios. Según la Sociedad Española de Ginecología y Obstetricia:

> El útero es un órgano muscular hueco que se compone de cuerpo y cuello uterino, separados entre sí por un ligero estrechamiento que constituye el istmo uterino. El cuerpo uterino tiene forma aplanada y triangular. Está formado por tres capas: el endometrio, que es la capa de mucosa interna, el miometrio, que es la capa de músculo liso, y el perimetrio o capa serosa que recubre el útero. Suele medir aproximadamente unos 7 centímetros de largo por 4 de ancho, y unos 3 centímetros de espesor; en una mujer nulípara, puede pesar unos 30 o 40 gramos. Está situado entre la vejiga (por delante) y el recto (por detrás). Se le llama fondo uterino a la parte más alta y redondeada del cuerpo entre las trompas de Falopio, y cuello o cérvix a su zona más estrecha, con dos estrechamientos: el orificio cervical interno (une cuello y cuerpo del útero) y el orificio cervical externo (une útero y vagina). Además, el útero posee unos fuertes ligamentos que lo mantienen en una posición estable dentro de la pelvis.[1]

1. Parrondo, P.; Pérez-Medina, T. y Álvarez-Heros, J.: «Anatomía del aparato genital femenino». En: http:// www2.univadis.net/ microsites/area_salud_mujer/pdfs/1-Anatomia_del_aparto_genital_femenino.pdf

El útero se eleva dentro de la pelvis durante la excitación y se mueve al menstruar (para permitir que el endometrio salga), durante el parto (contracciones), en la lactancia (al estimular los pezones el bebé), durante los orgasmos (provoca oleadas de placer) y cuando tenemos oxitocina en sangre ya que el tejido muscular del útero posee receptores de oxitocina (meditación, relajación, conexión emocional, amor, placer…).

Menstruación

«La menstruación regular es un hecho nuevo en la historia de la humanidad que aparece en el siglo XX. Gracias a la mejor nutrición de la población y la posibilidad de planificar los embarazos, ésta se ha convertido en una realidad mensual para millones de mujeres que han dejado de estar constantemente embarazadas o lactando durante la mayor parte de su vida reproductiva. Esta presencia la convierte en un indicador del estado de salud de las mujeres desde la adolescencia. La armonía vital física y mental de una mujer se refleja en su regularidad, ya que las situaciones de estrés físico o mental, las anemias, las deficiencias nutricionales, aunque sean parciales o la pérdida de peso pueden alterar su ritmo. Cuando la menstruación es «normal» se puede presentar cada 26 a 32 días, dura un día fuerte y dos o tres con menos flujo, no presenta coágulos ni dolor, no constituye una pérdida de sangre superior a 100 cc y no debe presentarse con síntomas previos de malestar, dolor mamario o dolor en piernas o abdomen, el denominado síndrome premenstrual. Las alteraciones de alguno de estos parámetros nos pueden permitir detectar en fases muy tempranas carencias, disfunciones y enfermedades que podrían ser tratadas, equilibradas o curadas».[1]

Mientras la mujer no gesta, una forma fácil de conectar con el útero cada mes en la etapa fértil es durante la menstruación. Con cada ciclo menstrual el endometrio y el miometrio sufren cambios. Al menstruar, el endometrio, la capa que recubre el interior del útero y que se ha preparado para una po-

---

1. Valls-Llobet, C.: *La salud las mujeres: de la invisibilidad a la medicalización*. Mujeres y Salud. n.º 15. Primavera 2005.

sible gestación, se descompone y sale al exterior. Se estima que, durante la vida reproductiva de una mujer, la pared del útero se desintegra y regenera unas 400 veces, tantas como ovulaciones se producen. El descenso de la natalidad ha hecho que tengamos ahora más menstruaciones que nuestras antepasadas, ya que durante el embarazo y la lactancia se interrumpe el ciclo menstrual. Además, actualmente, está rebajándose la edad de la menarquia (primera menstruación), con lo que las niñas comienzan su ciclo fértil mucho antes. Se estima que en Europa la media de edad de la menarquia es actualmente de 12, 6 años, y continúa descendiendo. Los especialistas apuntan a causas múltiples procedentes del entorno: sobrepeso, hormonas presentes en la alimentación o disruptores endocrinos (sustancias químicas ajenas al cuerpo humano capaces de generar cambios hormonales) como los pesticidas y los productos químicos de cosmética, la limpieza o la contaminación medioambiental que alteran el normal funcionamiento del sistema endocrino. La menstruación es el resultado de una serie de cambios hormonales que se producen cíclicamente en el cuerpo de la mujer en el eje hipotálamo-hipófisis-ovarios. Cuando, al alcanzar la pubertad, se activa dicho eje, comienza a producirse un baile de hormonas que se repetirá mes tras mes durante el período fértil de nuestra vida. Las fases del ciclo menstrual son:

- **La fase folicular o proliferativa:** desde el primer día de la menstruación hasta la ovulación. Se inicia cuando un grupo de folículos comienzan a generar estrógenos. De éstos, uno continuará su crecimiento, estimulando la proliferación del endometrio. El período preovulatorio es variable.

- **La fase ovulatoria o lútea:** se produce cuando los estrógenos inducen un pico de hormona luteineizante que permite la formación del cuerpo lúteo (glándula endocrina temporal y cíclica que se forma dentro del ovario). En esta fase predomina la segregación de progesterona. Este período es fijo, y el cuerpo lúteo degenerará en 14 días. Cuando el cuerpo lúteo comienza a declinar, se producen cambios vasculares en el endometrio que provocan la menstruación.

Cuando una mujer llega al médico con problemas menstruales, es habitual que el facultativo le ofrezca un tratamiento hormonal anticonceptivo. Lo que ocurre es que así no se regula el ciclo hormonal, lo que realmente provocan los anticonceptivos es la inhibición del mismo, y el sangrado mensual no es una menstruación, sino el efecto de los cambios vasculares por la disminución de determinadas hormonas. Poco y mal se ha estudiado el ciclo menstrual desde la ciencia, lo que nos ha imposibilitado durante mucho tiempo conocer lo que era un ciclo menstrual normal.

Lo primero que debemos saber es que no es normal que duela y, que de hacerlo, debemos buscar las causas para subsanarlas. La idea subyacente en la medicina occidental es que es normal que el cuerpo de la mujer duela. Por eso, cuando a millones de mujeres nos duele la menstruación, por regla general, el o la ginecóloga no buscarán las causas de ese dolor. Lo más probable es que nos receten píldoras anticonceptivas.

La historia de la anticoncepción es tan fascinante como cruel, y refleja muy bien cuál es la comprensión de nuestro cuerpo por parte de la ciencia médica. Baste poner como ejemplo los anticonceptivos orales que en muchos casos tienen como efecto secundario inhibir nuestro deseo sexual. Con toda probabilidad no habrían sido puestos en el mercado para los hombres. ¿Crees que iban a vender anticonceptivos hormonales para hombres que impidieran que sintieran deseo? ¿Para qué iba a querer un hombre un anticonceptivo que eliminara las ganas de mantener relaciones sexuales? Y, ¿para qué vamos a quererlo nosotras? ¿Para qué queremos un anticonceptivo que nos deja sin deseo de tener relaciones sexuales? ¿Qué idea se esconde en este presupuesto si no es que el cuerpo de la mujer está al servicio del deseo de otro y no del propio? ¿Por qué aceptamos las mujeres tener sexo sin deseo?

Sin duda, la significación cultural de la menstruación nos afecta en nuestra vivencia de la misma y del propio cuerpo. Cualquier mujer puede revisar su menarquia, la primera menstruación, y encontrar numerosas pistas de qué se esperaba de ella como mujer. Lo primero que nos encontramos es silencio, ocultación y vergüenza. Que alguien sepa que estamos menstruando es una vergüenza aún hoy. Y eso lo saben bien las empresas de higiene femenina. La mayor garantía de las compresas es que no se note que sangramos. Los anuncios nos ofrecen imágenes con líquidos de color azul en vez de nuestra sangre roja. La idea es seguir haciendo lo mismo que hacemos cuando no menstruamos: que sigamos siendo activas y que no se aprecie ni se vea públicamente nuestra situación. La sangre menstrual se sigue considerando sucia. Es sangre que sale por la vagina de las mujeres desde su útero y, por lo tanto, es un elemento impuro del que avergonzarse y que, sobre todas las cosas, hay que ocultar. Nos hacemos mujeres en la menarquia y este hecho viene acompañado por la vergüenza y la ocultación. Como una segunda máscara asumimos que lo que somos, lo que nos pasa, no debe de ser sabido por nadie más. Debemos colocar un muro entre nuestro mundo interior, nuestro cuerpo de mujer sangrante y el deseo que de él emana, y el resto del mundo. Ser mujer se resignifica en nuestra cultura al aparecer la vergüenza de vivir en un cuerpo que emite líquidos inapropiados y en el que no puedes confiar porque es un cuerpo defectuoso que provoca dolores y molestias.

La menstruación no ha de doler y, si duele, deberíamos de tener un buen diagnóstico de nuestro caso concreto. En España, el diagnóstico de endometriosis se retrasa una media de ocho años. No porque la mujer no vaya frecuentemente al ginecólogo por dolores durante la menstruación, sino porque muchos facultativos dan por hecho que el que la menstruación duela ha de considerarse algo normal. Y no creen necesario hacer más pruebas diagnósticas. Si es tu caso y menstruar te duele, mi sugerencia es que practiques la relajación del útero, ya que si es dismenorrea primaria, con toda probabilidad, el dolor remitirá enormemente o desaparecerá.

Reporte de practicantes de la relajación del útero en la semana 1:

«Día 1 de regla: Me ha venido la regla. He tenido retraso de 5 días. Soy muy puntual. ¿Hay alguien más que haya tenido retraso al comienzo de las relajaciones? En el día de hoy los dolores no han desaparecido, pero son sólo molestias y últimamente eran muy dolorosas, con dolor de contracciones».

*«**Día 2 de regla:** No he tenido dolores. Si pienso en la zona, no es dolor, pero sí esa sensación pequeña, como de presión. En cambio, durante la relajación no he tenido nada de dolor. Esto me ha sorprendido, porque instantes antes de empezar el ejercicio y pensar en la zona sí tenía presión».*

*«**Día 3 de regla:** No tengo dolor menstrual».*

Reporte de practicante de la relajación del útero en la semana 3:

«Esta semana me bajó la regla. Habitualmente, el primer y/o segundo día tengo que tomar algo para el dolor y las molestias. ¡Pues esta vez no! Esta vez no me ha llegado a doler, respiraba conscientemente unas cuantas veces, tratando de relajarme y después llevaba calor, tranquilidad y relax a mi útero, pidiéndole que se relajara, ¡y funcionaba siempre! Estoy encantada, no pensé que pudiera sentir algo así, cómo te relajas conscientemente y controlas el dolor (leve, pero…) de esa manera.

No tuve dolor menstrual en esta ocasión, tener dolor era habitual en mí.

El sangrado menstrual no disminuyo todavía.

La regla me ha venido el 13 de febrero, bastante antes de lo que me suele venir (normalmente se me atrasa una semana). No he sentido dolor de ningún tipo, excepto en el pecho, pero creo que esto tiene más que ver con la ingesta de estimulantes y de dulces como el chocolate de manera exagerada.

No he sentido en esta regla (hasta ahora) el pinchazo de la zona del ovario derecho que me molesta de vez en cuando. También me noto menos hinchada la tripa que de costumbre».

Reporte de practicante de la relajación del útero en la semana 4:

«El día 13 sentí una pequeña puntada en el útero durante la relajación, ahora me doy cuenta de que era porque comenzaba la regla al día siguiente. Esto es lo más significativo de esta semana, el día 14 tuve mi regla, y el cambio de los dos primeros días es muy diferente, casi no hay dolor, solo una molestia, y tengo mucha más energía durante la regla que antes de comenzar el estudio».

Si después de practicarla durante unos tres meses, la menstruación sigue siendo dolorosa, puede que lo que ocurra sea que el dolor es un síntoma de una enfermedad pélvica. En ese caso, te recomiendo acudir a un/a profesional sanitario riguroso que pueda diagnosticar correctamente el posible origen del dolor. Requieres un diagnóstico y un tratamiento adecuado. Recuerda: la menstruación no tiene que doler.

Embarazo y parto

Durante el embarazo, en el útero se desarrolla el óvulo fecundado y se gesta el embrión. En este tiempo, el útero aumenta su tamaño hasta los 33 centímetros aproximadamente, se reduce el espesor de su pared y su peso sobrepasa el kilo. Estos cambios en el útero ocurren tanto por hipertrofia (aumento del tamaño de las fibras musculares existentes) como por hiperplasia (desarrollo de nuevas fibras musculares). Una vez acontecido el parto, el útero volverá a su tamaño y posición original.

El útero está constituido por un músculo muy flexible y poderoso. Este músculo posee una característica peculiar: presenta músculos circulares (que cierran el cérvix) y longitudinales (que empujan al bebé hacia fuera). Ambos funcionan de manera sincronizada. El sistema nervioso simpático tiene que desactivarse para que las fibras circulares se aflojen y no ofrezcan tensión al movimiento que realizan las fibras longitudinales (que dependen del sistema parasimpático). O lo que es lo mismo: si el miedo mantiene activo el sistema simpático, estas fibras musculares no se pueden distender y ofrecerán resistencia al parto produciendo dolor. En el libro de Casilda Rodrigáñez *Pariremos con placer*[1], podemos encontrar una serie de reflexiones en torno al dolor durante el trabajo de parto. A autores como Leboyer o Grantley D. Read, entre otros, aseguran que el dolor durante el proceso de parto no es

---

1. Rodrigáñez Bustos, C.: *Pariremos con placer. Apuntes sobre la recuperación del útero espástico y la energía sexual femenina.* Crimentales, 2009. 3.ª ed.

fisiológico, sino patológico. De hecho, no tenemos más que hablar con distintas mujeres y observar lo diferentes en intensidad, sensaciones y dolor que fueron sus partos. ¿Cómo es posible que el mismo hecho fisiológico en las mujeres nos provea de experiencias tan diferentes e, incluso, contradictorias? ¿Será una broma de la naturaleza que haya mujeres que paren entre gemidos de placer (llamados partos orgásmicos) y otras, la mayoría, entre alaridos de dolor? ¿Será un dolor puramente físico o tendrá un origen cultural?

La medicalización del parto es un proceso muy reciente en la historia de la humanidad. Y, aunque en un primer momento, podamos pensar que gracias a ella se han salvado numerosas vidas, la investigación científica nos da muestras de que el asunto es más relativo de lo que cabría esperar. De hecho, Estados Unidos es uno de los países con mayor índice de medicalización obstétrica, y sus tasas de morbimortalidad perinatal no son mejores que las de otros países en los que existe la asistencia domiciliaria al parto o las prácticas médicas rutinarias durante el parto son prácticamente inexistentes. Pongamo como ejemplo una práctica médica aún común: la episiotomía. A comienzos de los años ochenta, el médico de familia e investigador canadiense Michael Klein solicita una subvención para investigar los efectos de una de las prácticas rutinarias más comunes en los hospitales occidentales: la episiotomía. La episiotomía es un corte que se realiza en el periné de la mujer que está pariendo para, aparentemente, facilitar la salida del bebé por la vagina. La idea inicial era que hacer una intervención y cortar el periné era mejor que un desgarro natural producido en el expulsivo. Aunque ésta era una práctica que se venía realizando desde hacía décadas, en realidad, no había ningún estudio previo que avalase dicha práctica como beneficiosa para la mujer.

Así que al doctor Klein le pareció una buena idea realizar una investigación sobre ello. Por primera vez en su carrera investigadora le costó encontrar subvención. Recibía respuestas tipo: «¿Para qué quieres investigar sobre la episiotomía?» «¿Qué hay de malo en ella? ¿Por qué te resulta interesante?»… Cuando por fin consiguió el apoyo económico, y no fue hasta que en el comité de decisión contó con la presencia de mujeres que votaron a favor y presionaron a los demás miembros para que el estudio se hiciera, los resultados fueron demoledores. La episiotomía rutinaria era inútil y peligrosa. Este estudio se publicó en 1984. La Organización Mundial de la Salud (OMS) reconoce como porcentaje óptimo de episiotomía (es decir, la frecuencia con la que puede ser necesaria efectuar el corte) una cifra no superior al 20%. Sin embargo, este porcentaje se eleva estrepitosamente en muchos sistemas de salud del mundo. Por ejemplo, en España hemos llegado a alcanzar hasta no hace muchos años el 90% de partos en los que la episiotomía hacía acto de presencia. Esto es, se efectuaban de forma rutinaria episiotomías en los paritorios, tanto si la mujer la necesitaba como si no. Se sabe que esta intervención genera dolor y puede dar lugar a problemas del suelo pélvico, como incontinencia o disfunción sexual, hasta de por vida. La episiotomía se asocia a mayores desgarros, mayores lesiones, mayor daño rectal y uretral, alteraciones del piso pélvico y dispareunia.

Hoy día, aunque en España esta práctica ha descendido sigue siendo muy superior a las recomendaciones de la OMS. No es de extrañar si tenemos en cuenta que para el sistema médico el bienestar de la mujer sigue siendo infravalorado.

Una breve mirada a la historia de la medicina nos deja con sensaciones contradictorias. Y es que la medicina de siglos anteriores, de la que todavía nos nutrimos, parte de una visión misógina. El cuerpo de las mujeres ha sido un territorio desconocido que no se adaptaba a los valores que se consideraban superiores y que tenían que ver más con una visión del cuerpo como una máquina de vapor de la que se esperaba un funcionamiento lineal y constante. La medicina hunde sus raíces en valores y visiones tanto o más que en pruebas científicas y estudios objetivos. Es decir, existe un sesgo de género en la mayoría de las intervenciones médicas aún en la actualidad. Desde la medicina se considera el cuerpo de las mujeres bajo un patrón eminentemente masculino. Esta connotación androcéntrica ocurre, por ejemplo, en los ensayos clínicos que todavía se realizan principalmente sobre varones (blancos, de clase media y edad media). Éste sería el modelo a partir del cual, de forma patente y subrepticia, la medicina ofrece soluciones a las particularidades que los cuerpos de las mujeres presentan. La idea que subyace es que es un cuerpo fallido que no responde a este modelo principal.

Analicemos, por ejemplo, lo que ocurre durante el parto. La idea de que el parto es un proceso fisiológico que funciona a la perfección en la mayoría de los casos y que requiere, sólo cuando lo requiere y es necesario, intervención médica, es una idea que a muchos profesionales aún hoy les parece extravagante. Un proceso fisiológico no se adaptará a medidas externas a sí mismo. Un proceso fisiológico no podrá ser evaluado siguiendo medidas ajenas al propio cuerpo. Un proceso fisiológico es variable e imprevisible con reloj en mano. A priori, no puedo saber cuándo terminará el proceso de parto ni en qué momento pasaré de una fase a otra. Tampoco sabré de antemano qué posición será la que adopte la persona que lo está viviendo para favorecerlo. Como observador externo, el pronóstico de intervención está muy limitada.

Si nos parece arriesgado este concepto aplicado al parto, apliquemos esta misma idea a, por ejemplo, la digestión. Imaginemos que nuestro estómago tiene que fabricar una cantidad predeterminada de jugo gástrico a los cinco minutos exactos de haber ingerido cualquier tipo de alimento. Lo más probable es que no podamos hacer que todos los estómagos generen la misma cantidad de jugo gástrico al mismo tiempo.

Con el parto sucede algo similar. Hay unos tiempos en los que encajar y que quizá no sean los tuyos. La famosa «fecha probable de parto» o la necesidad imperiosa que parece que muchos profesionales tienen de acortar los tiempos inyectando oxitocina sintética a la parturienta. Una práctica que también se ha realizado de forma rutinaria en los paritorios de muchos países durante décadas. No sabemos los beneficios reales de acortar un proceso fisiológico que está funcionando de forma natural y saludable y no supone un peligro para el bienestar de la madre y el bebé. Y no lo sabemos porque no hay beneficios. Aunque sí conocemos los posibles efectos secundarios de la oxitocina sintética. Y, aun así, se sigue inyectando en muchas ocasiones con la única finalidad de acelerar el proceso de parto, contraviniendo las recomendaciones de la OMS.

Actualmente disponemos de mucha información sobre prácticas médicas desaconsejadas (aunque se sigan llevando a cabo) en los paritorios. Hasta tal punto que la excesiva intervención médica rutinaria en los partos ha sido contestada por el Ministerio de Sanidad (de España) en un conjunto de documentos que versan sobre parto normal: la *Estrategia de Atención al Parto Normal en el Sistema Nacional de Salud, la Guía Práctica Clínica sobre la Atención al Parto Normal y Cuidados desde el Nacimiento: Recomendaciones basadas en pruebas y buenas prácticas*. Estos documentos existen porque muchos de los protocolos hospitalarios son obsoletos y porque las mujeres no estamos recibiendo la mejor atención sanitaria posible. Algunas comunidades autónomas también disponen de sus propias recomendaciones de atención perinatal en la que se recomienda limitar el uso de intervenciones médicas en casos de partos normales. Sin embargo, a pesar de la evidencia científica y de las recomendaciones sanitarias, las estadísticas siguen ofreciéndonos una realidad lejos de lo recomendable.

El término «violencia obstétrica» hace referencia a la deshumanización del parto, que se produce cuando no se tienen en cuenta las necesidades físicas y emocionales ni el bienestar de la mujer durante el proceso de parto. Desde negar a la mujer el acompañamiento por quien ella decida o el tipo de parto que desea a las recriminaciones del equipo sanitario (juicios o expresiones humillantes que implican una infantilización de la mujer en el proceso de parto y una falta de respeto evidente). Pero, además, la violencia obstétrica también se refiere a la patologización de los procesos fisiológicos del cuerpo de las mujeres, que incluye prácticas como la posición obligatoria de litotomía, la monitorización continua, la episiotomía rutinaria, la maniobra de Kristeller, la inyección de oxitocina, la cesárea innecesaria… Todo ello, forma parte de la mala praxis médica.

No deja de ser sorprendente la manera en que Occidente trata el parto de las mujeres. Requiere, en verdad, de un análisis de género. Si observamos a una mujer parir de forma libre, es decir, sin intervención médica, lo más probable es que nos encontremos a una mujer con muy poca ropa o desnuda, que asume posturas corporales con una fuerte carga erótica en nuestra sociedad, una mujer que expresa, gime, se mueve, es autónoma, libre en sus decisiones y se permite vivir las sensaciones corporales por completo. Si observamos a una mujer que está experimentando un parto medicalizado, lo que vemos es a una mujer atada (vía intravenosa que limita sus movimientos o monitorizada), vestida con un camisón de hospital (uniforme), quieta, en una cama tumbada sobre su espalda (en posición de sumisión) y que no está siendo la protagonista de ese momento porque a su alrededor se suceden los diferentes profesionales que saben lo que hacen y lo que le hacen. La mujer se convierte en un sujeto pasivo donde otras personas saben mejor que ella lo que pasa en su interior. Se mide, corta, empuja, extrae y ordena. Se hace el trabajo por ella. La mujer queda en posición de vulnerabilidad (tumbada boca arriba) sin capacidad de movimiento y con poca o nula capacidad de reacción y expresión. No es sólo que en la litotomía el parto sea más dificultoso o que la maniobra de Kristeller (empujar al bebé desde el fondo uterino ejerciendo presión sobre la barriga de la madre) suponga grandes riesgos para la salud de la madre y el bebé, sino que también hay toda una escenografía de la mujer como un cuerpo objeto que responde con tanta exactitud al rol de género que el patriarcado nos asigna a las mujeres que no está de más tenerlo en cuenta y analizarlo en profundidad desde todas sus perspectivas.

Algunas de las mujeres que han practicado la relajación del útero han relatado sus experiencias de parto. Sin embargo, no es posible asegurar que el dolor no estará presente durante tu trabajo de parto. Mi experiencia es que el parto es un acontecimiento físico y, al mismo tiempo, altamente emocional. De manera que la resultante de estas dimensiones, junto a las expectativas e ideas preconcebidas que tengamos y el tipo de asistencia que busquemos, necesitemos o nos rodee, será nuestro parto. De ahí que cada parto sea único.

Testimonio de una practicante de la relajación del útero

«Durante el registro, la matrona vino corriendo para ver si notaba las contracciones, por lo visto, eran muy fuertes, yo la verdad es que lo sentía pero sin dolor. Además, ¡estaba dilatada de tres centímetros! Creo que todo esto fue gracias a la relajación del útero […] Después me puse a meditar y acabé con la relajación del útero. Esto me hizo reconectar conmigo y con mi hija. El parto fue precioso, buceé en lo más profundo, conectando con viejas heridas y retomando el poder, sabiendo que lo que nos ha pasado no se puede cambiar, pero que podemos elegir».

En mi caso, he tenido la experiencia de vivir dos partos muy diferentes. El primero fue un parto hospitalario medicalizado e instrumentalizado. En ese momento de mi vida fui consciente de lo que significaba ser una mujer en un espacio patriarcal. Mi solicitud de tener un parto natural en 2004 en un hospital público dio de bruces con unos profesionales y un protocolo hospitalario en el que mi voz no fue ni oída ni tenida en cuenta. Y eso que yo sabía, antes de entrar al hospital, todo lo que se necesitaba saber para dar a luz de forma natural. Incluso sabía que era un sujeto de pleno derecho, lo que significa que tenía mis derechos civiles intactos y que nadie podía tomar decisiones que me afectaran sin mi consentimiento previo. Pero, cuando entré en ese hospital y expresé mi deseo de tener un parto natural, me di de lleno con la realidad de que en aquel espacio yo no tenía derechos. Hasta el punto de que introdujeron en mi cuerpo oxitocina sintética en contra de mi voluntad expresada verbalmente en varias ocasiones. Sencillamente, me ignoraron.

No en vano, en nuestro país existe una Ley de Autonomía del Paciente del año 2002 en cuyo Preámbulo se detalla la de la protección de los derechos humanos y la dignidad humana en la aplicación de la biología y la medicina. Cuando una ley existe es porque hay actuaciones que necesitan ser reguladas. La Ley de Autonomía del Paciente precisamente, recoge la necesidad por parte del persona sanitario de recibir el consentimiento informado de los pacientes. Cosa que dos años después de la entrada en vigor de esta ley, en mi experiencia de parto hospitalario no se produjo y que, lamentablemente, hoy en día se sigue vulnerando.

En mi primer parto no experimenté placer ni poder, y tuvo que pasar tiempo para que pudiera hacerme a la idea de lo que había ocurrido. Una verdad incómoda que tuve que encarar fue el hecho de que parimos como vivimos, y mi sometimiento a los dictados médicos fue la forma en que mi estado de sumisión se manifestó. Hubo mala praxis médica y protocolos no avalados por la evidencia científica, es cierto, pero también sé que de estar ahora en esa misma situación mi respuesta habría sido muy diferente, lo que no descarga, en absoluto, la actuación de los profesionales que me atendieron.

Para mi segundo parto, nueve años después, elegí dar a luz en casa. Fue un parto en el que me permití bucear en mi interior, pude navegar por mi dolor emocional y físico con conciencia y limpié una parte importante de mi herida más profunda. Además, me permití experimentar el estrecho camino por el que transitan el dolor y el placer. En el parto, sentí dolor en las piernas durante la fase de dilatación, pero ese dolor desapareció en el expulsivo. Me gustó parir. Me hice muy consciente del proceso y de mi cuerpo, y me permití tocar la cabeza de mi hijo mientras transitaba por el canal de parto. Parí desnuda, acompañada por mi pareja y por una matrona consciente y silenciosa. Me permití moverme, expresar, pedir lo que necesitaba, ser yo… Fue un parto extático, como defiende la doctora Sarah Buckley. Mi sistema hormonal funcionó a la perfección: la oxitocina, la prolactina, las beta-endorfinas y las catecolaminas permitieron con su danza el nacimiento de mi hijo de forma no intervenida, consciente y respetuosa. Fue un parto acuático, sin prisa, gozoso, celebrado al ritmo de mi hijo y mi cuerpo, respetado, privado, sexual y en paz. Me sentí poderosa, fuerte y consciente. Fue, sin duda, una de las grandes experiencias que la vida me ha ofrecido. La experiencia que deseo para todas las mujeres que van a dar a luz.

El dolor

Este dolor de parto tiene el mismo origen que el dolor experimentado por muchas mujeres durante la menstruación, ya que el útero también realiza movimientos para expulsar el endometrio similares a los que lleva a cabo en el trabajo de parto. Según apunta la hipótesis de los autores antes mencionados (Leboyer y Read), sería la contracción de las fibras musculares del útero de una forma inarmónica lo que provocaría los dolores que nos acompañan durante el trabajo de parto y, a muchas de nosotras, mes tras mes, durante la menstruación. Las fibras longitudinales (que recorren el cuerpo del útero de arriba abajo) y las fibras circulares (como anillos que cierran el cérvix) que van haciéndose más numerosas desde la mitad del cuerpo del útero hasta el cérvix deberían funcionar de forma sincronizada: que unos estén relajados mientras los otros estén activos, y viceversa. Un aspecto clave de esta dinámica es que mientras los músculos longitudinales están enervados por el sistema nervioso parasimpático, los circulares lo están por el sistema nervioso simpático. Más adelante veremos con más detalle este hecho. Por ahora baste decir que un estado de estrés, ansiedad o miedo activa el sistema nervioso simpático, evitando la apertura del cérvix y manteniendo los músculos circulares tensos mientras funcionan los longitudinales, lo que origina el dolor.

El conjunto de síntomas dolorosos que acompañan a la menstruación recibe el nombre de dismenorrea. Distinguimos la dismenorrea primaria (aquellos síntomas cíclicos asociados a la menstruación sin origen en ninguna otra causa) de la dismenorrea secundaria (el dolor experimentado en la menstruación cuyo origen está en otras enfermedades pélvicas: endometriosis, ovarios poliquísticos, inflamación pélvica, miomas…). La relajación del útero ha dado excelentes resultados en la reducción y la eliminación de la dismenorrea primaria. En caso de padecer dismenorrea secundaria, puedes probar a practicarla también, pero ese dolor es síntoma de un problema que requiere una solución. De todas maneras, mi consejo es que busques una buena profesional médica con una visión integral del cuerpo de la mujer.

Antes y después de la menstruación, el cuerpo genera unas sustancias denominadas prostaglandinas. Estas sustancias provocan la contracción de la musculatura lisa. Por eso, durante la menstruación el cuerpo genera prostaglandinas para, a través de las contracciones, permitir que el endometrio (la capa preparada para una posible fecundación del óvulo) sea expulsado del cuerpo. Es por ello que el tratamiento médico habitual para la dismenorrea son los inhibidores de la prostaglandina, como el ibuprofeno.

Síntomas de dismenorrea primaria:

* Dolor en el bajo vientre

* Dolor de piernas

* Calambres o cólicos

* Vómitos

* Dolor de cabeza

* Aumento del número de micciones (poliquiuria)

* Náuseas

* Dolor de espalda y glúteos

* Cansancio

* Diarrea

* Estado depresivo

* Mareos

* Hinchazón

* Irritabilidad

Cada mujer es diferente, y cada ciclo en la misma mujer también, por lo que este conjunto de síntomas no ha de darse de forma completa para considerarse dismenorrea. Algunas mujeres presentan uno solo de estos síntomas, y otras mujeres varios. Hay mujeres que comienzan a experimentar dolor uno o dos días antes de su menstruación y otras que sienten dolor durante. La duración de los síntomas también varía en cada mujer.

Se cree que el dolor de la menstruación puede tener su origen en diversos aspectos, como: las contracciones provocadas por la prostaglandina en el músculo uterino o las isquemias uterinas (un útero isquémico es aquel con un suministro reducido o ineficaz de sangre).

Lo normal es que un órgano sano que hace su función en el cuerpo no duela. No nos duele respirar ni hacer la digestión ni caminar. La pregunta, entonces, es: ¿Por qué nos duele un músculo que hace su trabajo naturalmente?

Mi respuesta es que nos duele porque nuestros úteros presentan isquemia y una masiva tensión muscular que no permite la movilización de las fibras musculares del útero de forma libre. Sabemos también que la tensión muscular provoca dolor. ¿Recuerdas haber tenido una tortícolis o tensión en los hombros? ¿Te imaginas qué sucedería si haces un esfuerzo (coger un peso, por ejemplo) con ese músculo? Dolor. Ésa es la respuesta. Cuando el útero se mueve para expulsar el endometrio nos duele de la misma manera que nos dolería levantar un saco de diez kilos con un brazo que presente una tensión muscular.

El que a millones de mujeres nos duela menstruar no debe de ser considerado como una «maldición» o una broma de la naturaleza. Mi hipótesis es que el dolor menstrual no asociado a una enfermedad pélvica tiene su origen en el sistema de valores y en la cultura en los que nos desarrollamos y vivimos las mujeres. Las experiencias diarias y la historia personal generan una tensión habitual y constante que nos impiden relajar la pelvis y el útero de forma que su movilidad se produzca desde el placer y no desde el dolor. Además, la movilidad de la pelvis en las mujeres occidentales está muy limitada desde pequeñas. Nos sentamos en sillas, no hacemos danzas o bailes donde se mueva la cadera, se niega el placer sexual en la infancia de las niñas… Todo ello hace que vayamos creciendo sin movilizar toda la musculatura pélvica y, en concreto, el útero. Cuando no movilizas un músculo durante mucho tiempo, se atrofia y produce dolor.

De igual manera, el dolor durante las relaciones sexuales nunca debe considerarse normal. Tu cuerpo no tiene que doler cuando lo que es esperable es que nos ofrezca placer. Podríamos plantearnos qué nos lleva a la sensación de dolor cuando no hay una enfermedad pélvica. ¿Una tensión masiva de la zona de la pelvis? ¿La represión sexual en la que hemos crecido? ¿Que en torno a un 30 % de las niñas menores de quince años han sufrido abuso sexual alguna vez en su vida? A este dato, que ya es escalofriante por sí mismo, deberíamos añadir las mujeres que han sufrido abusos a partir de los quince años. ¿Cuántas de nosotras hemos vivido alguna experiencia de abuso en un grado u otro? Los niños persiguiéndonos para levantarnos las faldas en el colegio, un familiar más sobón de lo habitual que nos generaba malestar y asco, las caricias no deseadas de alguien, las metidas de mano de las primeras parejas aún después de haber dicho no, incluso las miradas lascivas de un desconocido en la calle han dejado su rastro en nuestro cuerpo. Nos han vuelto tensas, han provocado en el cuerpo una reacción de encogimiento y, como un caracol, nos hemos vuelto hacia nosotras mismas para protegernos de un entorno en el que, como poco, no nos sentíamos seguras o que, desafortunadamente, para muchas han incluido actos de violencia extrema.

Y en esta situación nada beneficiosa para el desarrollo sexual de las mujeres deberíamos incluir el peso de la moral judeocristiana que aún hoy día impera. No importa si has recibido una educación religiosa o no. Me refiero a un código moral especial para la mujer al que los hombres escapan por el hecho de ser hombres. Si deseas y sientes placer eres una puta. Si no deseas u obtienes placer eres una frígida. Del hombre se espera que explore su sexualidad en la adolescencia, que se masturbe mucho, que tenga muchas novias y que sea un ser humano deseante. De la mujer se espera que no explore su sexualidad en la adolescencia, que sea virgen, que no se masturbe, que no tenga muchos novios y que sea un ser humano deseado, pero no deseante.

Vivir nuestra sexualidad con libertad con estos mandatos y en este medio ambiente es casi una utopía. Sentir orgasmos y deseo es casi un acto de rebeldía contra el sistema que nos esperaba castas y puras y nos condenaba al ostracismo social en caso de incumplir las normas. ¿Imaginas qué diferente debe de ser crecer pudiendo explorar tu cuerpo en libertad? ¿Cómo sería un cuerpo donde las mujeres pueden sentir orgasmos desde la niñez sin que exista culpa o vergüenza? ¿Cómo sería si pudiésemos crecer con un útero relajado?

¿Por qué nuestro útero está tenso?

Por la pérdida de conciencia de nuestro cuerpo y sus órganos: No hemos tomado conciencia de nuestro cuerpo, no lo vivimos íntegramente desde el interior y eso provoca que no sepamos, si quiera, localizar nuestros órganos. No deja de ser una señal que, llegadas a la edad adulta, ni siquiera muchas de nosotras sepamos que el útero es un órgano muscular, que se mueve y que late y que es fuente de vitalidad. Jugamos con muñecas sin vulva, no nos miramos y no tenemos referentes visuales de cómo es ese espacio corporal que llevamos entre las piernas. Es como si en nuestro cerebro no se hubiera creado el mapa interno de nuestros órganos sexuales. Vivimos ciegas y al margen de ese espacio que, cuando llegamos a la madurez, pertenece a otros. ¿Cuántas de nosotras nos exploramos habitualmente, introducimos los dedos en la vagina, palpamos y tocamos nuestro cuerpo?

* Por las horas de inmovilidad física: Nos faltan estiramientos, movimientos libres… Vivimos en una sociedad altamente sedentaria en la que los hombres y las mujeres nos movemos mucho menos de lo que sería deseable para mantener la salud de los cuerpos. En el caso de la mujer esto se hace más evidente cuando la niña llega a la pubertad. El modelo de ser una niña buena incluye esa visión sedentaria y tranquila de la que es difícil escapar.

- Por la desconexión cuerpo-mente: Nos desconectamos del cuerpo y vivimos únicamente en nuestros pensamientos. Si el patriarcado es la separación del cuerpo y la mente, nosotras hemos aprendido la lección muy bien. La mayor parte de la actividad diaria es mental: pensamientos e ideaciones que pocas veces llevamos a la práctica. Es como vivir en un mundo de fantasía donde vivimos lo que nos negamos en la práctica, diseñamos proyectos y creamos mentalmente, pero después la materialización de ese mundo interior sufre enormemente. Es como si se hubiera roto la conexión entre lo que pienso y lo que hago.

- Por vivir en una cultura patriarcal y haber reprimido nuestra verdadera naturaleza como seres humanos y mujeres. Los modelos de ser mujer en una sociedad patriarcal son muy estrechos. Incluyen lealtades, el cumplimiento de expectativas ajenas y un código moral al que nos vemos expuestas una y otra vez.

- Por la forma de sentarnos (en sillas) y por posturas con las piernas juntas o dobladas, que provoca que la pelvis no se abra y se reduzca su flexibilidad. Evidentemente, la flexibilidad y movilidad de la pelvis se ve afectada cuando, desde pequeñas, nos sentamos en sillas en vez de en el suelo, y cuando está mal visto que las mujeres se sienten con las piernas abiertas o en posturas que son consideradas de mal gusto.

Por las emociones reprimidas que quedan, en forma de tensiones o corazas (como las llamaba Wilhelm Reich) en nuestros cuerpos. En el proceso de socializarnos como mujeres, se espera de nosotras una respuesta emocional que, más que externa, ha de ser interna. Se espera la represión de las emociones más activas, como la ira, que se irá acumulando en el cuerpo en forma de tensiones.

Por la represión sexual y la educación que hizo que comenzáramos a limitar nuestros movimientos y sensaciones físicas. La represión sexual es uno de los elementos clave en el control de la población. No sólo las religiones, también el Estado a través del sistema educativo, por ejemplo, o la familia, nos enseñan a ser niñas asexuadas para las que el placer, el deseo o la erótica están prohibidas. La sexualidad de las mujeres se retrasa hasta el punto de que muchas no comienzan a masturbarse hasta que no son ya jóvenes o adultas o incluso después de haber tenido relaciones sexuales con la pareja. Como si nuestro cuerpo no nos perteneciera.

Quizá estos mismos motivos (y otros más) puedan asociarse igualmente al dolor en el parto. Es un hecho que el parto es un acontecimiento extremo del cuerpo de la mujer donde la pelvis y el periné han de abrirse al máximo, y nuestra musculatura pélvica se ve expuesta a la mayor tensión que haya experimentado hasta ese momento. Aunque la evidencia indica que la mayoría de las mujeres occidentales sufren un dolor considerable durante el parto, no es menos cierto que otras no sólo no sufren sino que gozan, y que por culturas el dolor de parto es muy diferente. Quizá nuestra cultura hedonista nos ha hecho poco resistentes al dolor y a la percepción subjetiva del mismo, así como las condiciones en las que parimos (profesionales poco respetuosos, instituciones médicas con altas tecnificación y baja humanización, todas las historias de partos contadas desde que éramos niñas, la desconexión con nuestro placer, la corporalidad y la sexualidad femeninas o los abusos sexuales) pesan más de lo que nos gustaría en el momento del parto. Al final, una pare como vive, y en los relatos del parto podemos entrever la trama de la historia personal si miramos atentamente. De todas maneras, existe numerosa bibliografía científica sobre los efectos del estrés, el miedo o la ansiedad en el proceso del parto y sus implicaciones. No está de más, entonces, poder tener herramientas a mano para relajar, aceptar y asumir de forma confiada el momento del parto.

El placer

«El orgasmo femenino auténtico no se produce ni en el clítoris ni en la vagina. Tiene su origen en el cuello del útero[…] El orgasmo cérvico-uterino[…] difiere radicalmente de todos los otros placeres en intensidad, en profundidad, en calidad, en ritmo sobre todo, en extensión. Es más difuso. Termina por abarcar el cuerpo entero».

Casilda Rodrigáñez, *Pariremos con placer.*[1]

Aún no sabemos demasiado de los procesos dolorosos en nuestro cuerpo de mujer, y no digamos de los procesos placenteros. Cuando comencé a investigar sobre el útero me sorprendían enormemente los resultados que los diferentes buscadores de Internet me ofrecían. Al teclear 'útero', aparecían interminables páginas dedicadas al cáncer de útero, miomas, endometriosis, histerectomías y demás enfermedades y dolencias. Tanto fue así que llegué a pensar que no era casualidad, sino un fiel reflejo de cómo nos relacionamos con nuestro cuerpo: generalmente, desde el dolor y la enfermedad. Cambiar la mentalidad, abrirnos al dolor del cuerpo con conciencia y transcenderlo nos permite crear una vía hacia el placer y el gozo que en él aguardan.

Quizá uno de los primeras síntomas que experimenté al comenzar a relajar mi útero fue el cambio en los orgasmos. Se hicieron mucho más intensos, profundos, amplios. Tal y como Casilda Rodrigáñez indica, el orgasmo que

---

1. Ibíd. nota 1 del cap. Embarazo y parto.

se origina en el útero es diferente, tiene otra cualidad, es más real y potente. Algunas de las mujeres que han experimentado este tipo de orgasmos después de practicar la relajación del útero por un tiempo nos ofrecen relatos muy similares:

Testimonios de practicantes de la relajación

«Tuve un orgasmo que sentí que provenía del útero. Siempre he pensado que yo era una mujer muy clitoridiana, y con orgasmos, como mucho, vaginales. Me estoy dando cuenta del poder de mi útero.

Energía exaltada del interior hacia el exterior, y mi piel hacía como tope hasta que salió por los poros.

He tenido mi primer orgasmo desde el útero. Es una sensación tan extraña… y agradable (creo que es mejorable). Hoy siento que mi útero se está ampliando dentro de mí. ¡Qué increíble sensación! ¡Ah! Y con una vitalidad multiplicada. Me ha ayudado a terminar de sanar mi herida de rechazo…»

Hay una controversia, casi diría de corte político, en la literatura científica entre quienes consideran que los orgasmos sólo pueden surgir con la estimulación clitoridiana. Nuevos descubrimientos nos muestran y descubren diferentes escenarios de placer en el cuerpo. La estimulación clitoridiana, la vaginal, la del cuello del útero o la de los pezones o, sencillamente, la respiración y la conciencia (sin estimulación física directa) pueden provocar orgasmos en la mujer. He sido testigo de cómo al comenzar a trabajar con el útero, algunas mujeres en mis cursos podían experimentar orgasmos a través de la respiración. De igual manera numerosos relatos dan fe del placer de la lactancia y el parto. Al final, comprender que estamos descubriendo nuestro cuerpo en este proceso y que tenemos una sexualidad mucho más amplia y poderosa de la que tradicionalmente nos han contado es un acto de liberación personal. Considerar la sexualidad como una posibilidad de relación con el propio cuerpo y el mundo, más allá del sexo estereotipado y limitado que nos han transmitido culturalmente, es acceder a una mayor conciencia de nuestra naturaleza esencial.

El patriarcado nos ha dado las coordenadas en las que se nos permite movernos en nuestra sexualidad. Sabemos qué se espera de nosotras: se espera que seamos objeto, no sujeto; se espera que seamos pasivas, no activas; se espera, en definitiva, que nuestra sexualidad responda a criterios falocéntricos. Romper esta inercia y comenzar a cuestionarnos nuestro deseo y la mirada vigente sobre nosotras es el primer paso para comenzar a vivir una sexualidad más acorde con nosotras mismas. Integrar el cuerpo físico, las emociones y sensaciones y las ideas tiene como efecto una vida sexual más gozosa y consciente.

La sexualidad es más un proceso que una meta; un sentir, más que un querer; más cíclica que lineal. La sexualidad es cambiante, cíclica y mutable. Incluye los actos sexuales y la maternidad, los ciclos biológicos, las reflexiones culturales y las circunstancias vitales. La sexualidad está envuelta de hormonas y de pensamiento, de emociones y deseos, de permisos y apertura. La percibo como un largo y profundo viaje, desde los impulsos adolescentes y la desconexión cultural, hasta la vivencia integrada del cuerpo con todo el potencial que se adivina en él.

En nuestra cultura, el cuerpo, esa maravillosa herramienta para vivir la experiencia humana, se encuentra escindido de la persona que creemos ser. Lo hemos dejado fuera de la toma de decisiones y somos capaces de vivir experiencias sin estar presentes en él. Una manera de funcionar que nos causa extrañeza de nosotras mismas y nos aleja de la potencialidad gozosa y placentera de la existencia. En nuestra cultura (tan visual), el cuerpo sexual ha de ser un cuerpo físico joven y perfecto para lanzarnos al placer y provocar deseo en los demás. Nada más lejos de la realidad. No hay nada más electrizante que abrirte por completo al placer, que desnudar el alma, que permitirte Ser y Sentir. Pero para hacer esto, para derribar el muro que nos separa del mundo físico y las sensaciones corporales, deberemos sentirnos seguras.

En mis talleres, algunas mujeres relatan sus experiencias sexuales, y la variedad y diversidad de unas a otras es tanta como mujeres hay en la sala. Mujeres adultas que nunca han sentido un orgasmo ni durante la masturbación, mujeres que sólo pueden alcanzar el orgasmo en una postura determinada o ejerciendo una determinada presión, mujeres que no han tenido relaciones sexuales jamás, mujeres que anhelan llegar al orgasmo sólo con la penetración, mujeres que desean sentir más o menos, mujeres que sienten dolor o rabia en ese momento, mujeres que nunca tienen deseo, mujeres que quieren ser multiorgásmicas o que intuyen que, más allá del placer físico, hay todavía en el sexo territorios por explorar… Es verdad que, para cada una de nosotras, la sexualidad puede tener significados muy diversos, tantos como expectativas diferentes podamos sostener. La sexualidad como gimnasia, como diversión, como vía de autodescubrimiento, como medio de alcanzar la transcendencia o como un espacio de intimidad profunda con otra persona son concepciones todas válidas y ciertas que podemos permitirnos explorar solas o en compañía.

A las expectativas propias se unen también los mensajes (casi siempre contradictorios) que nos llegan desde los medios de comunicación de masas y a través de los valores socialmente aceptados. Se puede sentir deseo, pero no mucho. Se puede sentir placer, pero no tanto que anule al hombre. Podemos tener una vida sexual gozosa, pero siempre dentro de un orden impuesto desde el exterior. Salirse de esta norma es peligroso para la sociedad y para una misma. No en vano, la medicina ha etiquetado la sexualidad de la mujer como no la ha hecho con la del hombre: ninfómanas, frígidas, histéricas…, todo un catálogo de «enfermedades» para aquellas mujeres que se salían de la norma de lo que debe ser una mujer en esta sociedad. Que la finalidad última del acto sexual sea llegar al orgasmo debería de ser considerado una broma. La finalidad de tu sexualidad, si es que existe, la estableces tú. Y a nadie deberíamos darle la potestad para nombrarla.

El cuerpo de las mujeres está diseñado para experimentar placer. Gozamos de un órgano, el clítoris, cuya única función es proporcionar placer. Y no deja de ser digno de análisis considerar cómo es posible que aún, con un cuerpo manifiestamente preparado para gozar, muchas mujeres relaten problemas para hacerlo. Podemos sentir orgasmos en el clítoris, en la vagina, en el útero, en el ano… Todo nuestro cuerpo responde al placer. Cuanto más nos permitamos abrirnos a las sensaciones corporales, más placer obtendremos. Cuanto más relajados tengamos los órganos internos y con mayor libertad puedan vibrar y moverse, más placer sentiremos. Cuantas menos expectativas tengamos y juicios hagamos sobre nuestros gustos y deseos, más placer sentiremos. Cuanto más nos identifiquemos como seres deseantes, y no sólo deseadas, más placer sentiremos. Cuanto más nos permitamos ser nosotras mismas, más placer sentiremos. Cuanto más libremente vivamos, más placer sentiremos.

La niña buena

Si te pidiera que dibujaras una «niña buena», seguramente pintarías a una niña sentadita en una silla, con las piernas juntas, calladita, vestida de domingo, bien peinada y con lazos en el pelo. Sería una niña limpia, quieta, sumisa, dócil, asexual, obediente, silenciosa, pasiva… ¿Sigo? No hace falta, ya nos hacemos una idea. Y sabemos bien cómo es una niña buena porque, querida lectora, todas lo hemos sido. En algún momento de nuestra infancia debimos renunciar a todo nuestro potencial, nuestra vitalidad y nuestra energía, nuestra manera de ver las cosas. Debimos renunciar porque la presión de padres, madres, profesorado, niños y cualquier otro adulto que nos rodeara fue demasiado intensa. Renunciamos a ser quienes éramos porque temíamos más la falta de amor y aceptación de los seres de los que dependíamos emocionalmente que nuestra propia muerte psicológica y emocional. Terminamos por ceder y nos domesticamos. Permitimos que nos dijeran qué hacer, cuándo y cómo. Muchas dejamos de subirnos a los árboles, de llorar cuando nos enfadábamos, de expresar ira… En definitiva, dejamos de ser quienes éramos. Dejamos de sentir.

Aprendimos a pintar dentro de los márgenes del dibujo y a hacer las cosas como los demás las hacían. Aprendimos a esconder nuestros dones y habilidades y a no destacar. Aprendimos a ser una más. Aprendimos a callar, a no expresarnos y renunciamos a nuestra auténtica naturaleza. Casi todos los seres humanos llevamos esta renuncia en nuestro interior. Sin embargo, frente a la educación que tradicionalmente se le ha dado a los hombres, las mujeres hemos renunciado a nuestro cuerpo (anticipo de la represión sexual que en el caso de las mujeres es aún mayor que en los hombres al llegar a la pubertad), dejando de movernos libremente desde muy jóvenes y renunciando a nuestra fuerza física. Y, además, hemos considerado que destacar demasiado podía ser peligroso para nosotras. No en vano, las estadísticas indican que hay más niños identificados como superdotados que niñas, aunque se sabe que el porcentaje es igual. Lo que ocurre es que nosotras preferimos pasar inadvertidas, no destacar, reducirnos para ser una más. Las niñas buenas no son contestatarias ni rebeldes ni movidas; pero tampoco son brillantes, especialmente talentosas ni comprometidas.

La única manera que tenemos de convertir a una mujer en una niña buena es reduciendo el caudal de vitalidad que recorre su cuerpo. La vitalidad es la capacidad que tenemos para vivir, hacer y crear, experimentar y crecer. La vitalidad es la agresividad. En el diccionario de la Real Academia Española de la Lengua, el término «agresivo» tiene bastantes acepciones que varían desde la persona o animal que tiende a la violencia a la persona que actúa con dinamismo, audacia y decisión. Es decir, la agresividad es también la fuerza con la que nos expresamos en el mundo. Las mujeres de forma general no solemos actuar con dinamismo, audacia y decisión. Y aquellas que lo han hecho han comprobado la respuesta social ante este desvarío de la norma. La energía vital procede de la energía sexual. Por eso, ha sido prioritario en las culturas jerarquizadas limitar y restringir la sexualidad de las personas. Una persona asexuada es una persona desvitalizada, es decir, una persona sumisa sobre la que es posible ejercer el poder. Para comprender mejor otras funciones del útero y, dado que en la medicina occidental su función se limita casi exclusivamente a la reproductora, es necesario acudir a otras concepciones del cuerpo humano. Como hemos visto, para el taoísmo, el útero (también llamado «palacio ovárico») es el primer motor energético del cuerpo humano. Un órgano encargado de distribuir la energía sexual (vital) por todo el cuerpo. Cuando, de niñas, debimos doblegarnos al modelo de niña buena, lo hicimos con un coste: reducir la vitalidad que brota desde nuestro primer motor energético. Y la forma en que lo hicimos fue contrayendo el músculo del útero. Así, el nivel de energía con el que vivimos es menor, lo que equivale a ser más dócil, sumisa y pasiva. Seguramente si no hubiésemos contraído el útero, no habría sido tan fácil que nos doblegaran.

Las consecuencias de esta tensión física, emocional y vital es una musculatura pélvica atrofiada. Y un músculo sin flexibilidad, tenso y contraído, que no puede moverse libremente, provoca dolor. Máxime cuando es uno de los músculos más poderosos del cuerpo y precisa del movimiento para dar a luz, limpiar en profundidad el útero cada mes o sentir placer.

Nosotras hemos sido niñas buenas… ¡Hasta ahora!

Represión sexual = Represión vital

«La represión sexual es de origen socioeconómico y no biológico. Su función es sentar las bases de la cultura autoritaria patriarcal y la esclavitud económica [...]. En los comienzos de la historia, la vida sexual humana seguía leyes naturales que ponían los fundamentos de una socialidad natural. Desde entonces, el período del patriarcado autoritario de los cuatro a seis mil años últimos ha creado, con la energía de la sexualidad natural suprimida, la sexualidad secundaria, perversa, del hombre de hoy».

Wilhelm Reich, *La función del orgasmo*.[1]

Cuando nos referimos a la energía sexual, estamos hablando de energía vital. Es la energía que movemos al alcanzar un orgasmo y la energía que utilizamos cada día al relacionarnos, trabajar, proyectar, cocinar, hacer el amor, caminar, acompañar a nuestros hijos, crear o construir.

Según la obra de Wilhelm Reich, el cuerpo humano crea escudos para defenderse. Se llaman corazas caracterológicas y musculares. Ésta es la definición que el propio Reich hace de ellas:

- **Coraza caracterológica:** Suma total de las actitudes caracterológicas que desarrolla el individuo como defensa contra la angustia y cuyo resultado es la rigidez de carácter, la falta de contacto, la «insensibilidad». Funcionalmente idéntica a la coraza muscular.

---

1. Reich, W: *La función del orgasmo.* Paidós Ibérica, 1995.

- **Coraza muscular:** Suma total de las actitudes musculares (espasmos musculares crónicos) que el individuo desarrolla como defensa contra la irrupción de afectos y sensaciones vegetativas, especialmente la angustia, la rabia y la excitación sexual. Funcionalmente idéntica a la coraza caracterológica.

Recorre tu cuerpo y observa cuántas contracturas y tensiones mantienes: hombros, brazos, dedos, cuello, garganta, nuca, espalda, piernas, barbilla, entrecejo, diafragma, mandíbulas,… También, aunque no lo notemos, tenemos esas mismas tensiones musculares en el útero que, te recuerdo, es un órgano eminentemente muscular; y en el estómago o los intestinos, por ejemplo. Son las huellas que podemos seguir para apreciar cómo estamos construidas, cuáles son nuestras defensas. Reich ofreció una visión en la que el cuerpo y la psique estaban unidos de forma inevitable y en la que dos situaciones básicas recorrían nuestros tejidos proporcionando información básica para la vida: el placer o la angustia (displacer). La neurosis aparecería como consecuencia de habernos negado la experiencia del placer o bloqueado la sensación de angustia. Reich quiso averiguar cómo se comportarían los órganos de forma natural en ambos casos y cómo el cuerpo regularía los mecanismos en estas situaciones. Y encontró la respuesta en el sistema nervioso autónomo, concluyendo que, en la situación de placer, es el sistema nervioso parasimpático el que se pone en marcha, mientras que en las situaciones de angustia es el sistema nervioso simpático el que se activa. Y en este punto tenemos una clave fundamental para continuar comprendiendo cómo funcionamos. Y es aquí que la relajación del útero es de una gran ayuda.

El sistema nervioso autónomo

«Al igual que en las células aisladas, el carácter de nuestra existencia se ve determinado no por nuestros genes, sino por nuestra respuesta a las señales ambientales que impulsa la vida».

Bruce Lipton, *La biología de la creencia.*[1]

El sistema nervioso autónomo o vegetativo es el encargado de regular las funciones metabólicas del organismo. Pero, cuando decimos que un órgano o que un sistema tiene como principal función una determinada, no debemos perder de vista la unidad psicosomática del cuerpo. Para una mejor comprensión del funcionamiento del cuerpo, en Occidente hemos aprendido a diseccionarlo: seleccionamos campos de intereses y los aislamos del entorno como si estuviéramos creados por un conjunto de sistemas cerrados ajenos los unos a los otros. No creo que haya un mayor error en la percepción del ser humano. Pretender que mi mente no está afectada, por ejemplo, por mi sistema digestivo, o que el sistema endocrino no tiene conexión directa con el sistema nervioso o que mis emociones se hallan desgajadas del cuerpo, es producto de una visión determinada en la que pareciera que, después de separar los sistemas para aprehenderlos mejor, se nos hubiera olvidado interconectarlos de nuevo, devolverles la unidad que, en realidad, nunca perdieron, y comprender sus interacciones. Hay, por lo tanto, la necesidad aún hoy de señalar que el cuerpo es un conjunto unitario que funciona de

---

1. Lipton, B.: *La biología de la creencia*. Palmyra, 2007.

forma global. El cuerpo físico, mis emociones, los pensamientos y la conciencia forman una unidad.

Y en un nuevo salto podríamos igualmente afirmar que nosotras, como seres humanos, no estamos tampoco aisladas del entorno en el que nos desarrollamos. No somos una unidad absolutamente independiente que no puede ser modificada por el exterior. Más allá de mis órganos internos y de mi piel, se encuentra el medio ambiente con el que me relaciono y ante el cual respondo inevitablemente generando productos bioquímicos, emociones, pensamientos, conductas, sensaciones, reacciones… Por medio ambiente entiendo el mundo físico en el que me muevo (aire, alimentación, hábitat…), pero también las relaciones personales, las creencias culturales asumidas, las experiencias pasadas, la sociedad, la idiosincrasia de cada pueblo, los valores… En definitiva, un medio ambiente amplio del que formo parte y que forma parte de mí.

En el libro *La biología de la creencia*, el biólogo molecular Bruce Lipton nos ofrece una visión de este fenómeno perfectamente resumida en la siguiente frase: «Es la "percepción" del entorno de la célula individual, y no sus genes, lo que pone en marcha el mecanismo de la vida».

Lipton nos muestra que la misma célula no se comporta de igual manera en un entorno hostil que en uno nutricio. Una célula colocada en un entorno hostil se cierra al mismo, su membrana se hace impermeable y no permite el paso de sustancias dañinas al interior ni la descarga de las sustancias propias de desecho al exterior. Esa misma célula, sin embargo, cuando entra en contacto con un entorno nutricio se vuelve permeable, permitiendo que los nutrientes ingresen en ella y que los productos de desecho propios sean expulsados. ¿Y si nosotras fuéramos como esas células? Al fin y al cabo, nuestro cuerpo físico está formado por unos cincuenta billones de células que funcionan de manera coordinada. ¿Y si nosotras, como seres humanos, reaccionáramos igual que estas células, abriéndonos e interactuando ante un entorno nutritivo permitiendo alimentarnos de él y expulsando nuestros productos de forma natural, o cerrándonos, sin alimentarnos del medio y no permitiendo la interacción ante un entorno hostil?

Siguiendo con Lipton: «Cuando le proporcionaba a las células un ambiente saludable, proliferaban; cuando el ambiente no era el óptimo, las células enfermaban. Si equilibraba de nuevo el ambiente, esas células "enfermas" se revitalizaban». Esto significa un profundo cambio en el anterior paradigma, según el cual la célula era estudiada de forma aislada al entorno en el que se encontraba. Y también un punto de partida interesante para comenzar a comprender los efectos que el patriarcado ha causado en el cuerpo de las mujeres (y de los hombres).

Como mujeres que nos hemos desarrollado en un medio ambiente enfermo, tenemos muchas posibilidades de estar repitiendo esa enfermedad en nuestro propio cuerpo, de que nuestro cuerpo sea la representación de esa batalla por el poder y la sumisión, de que los dolores que como mujeres portamos sean la consecuencia de una vida en la que para sobrevivir hemos debido aislarnos de un entorno hostil. No crecimos sintiéndonos seguras en espacios donde los abusos sexuales o el maltrato psicológico estaban a la orden del día. Por lo tanto, no pudimos hacernos permeables al medio ambiente físico y cultural. Y, como resultado, tampoco nos permitimos expresarnos con espontaneidad, ya que hacerlo podía ser un peligro. Creo que muchas de nosotras hemos experimentado en nuestra infancia la vergüenza y la culpa como medio de socialización. Sentirnos avergonzadas de lo que decimos o hacemos o culpables de sentir y querer vivir lo que deseamos es una tónica habitual en las historias de mujeres.

Nuestra biología se ha puesto al servicio para reducir el impacto de este sistema hostil en nuestro interior y permitirnos la supervivencia. Pero a cambio debimos pagar un precio muy alto. Las corazas musculares son un buen ejemplo de esta capacidad defensiva del cuerpo. También lo es la activación crónica del sistema nervioso simpático.

El sistema nervioso autónomo o vegetativo controla y regula las actividades metabólicas del organismo, lo que hace que esté en continua relación con el sistema endocrino. El sistema endocrino está formado por glándulas que segregan hormonas (mensajeros químicos) a la corriente sanguínea. En el eje endocrino sexual femenino nos encontramos con el hipotálamo, la hipófisis y los ovarios, y es el encargado de producir los cambios hormonales cíclicos que provocan la menstruación. El sistema nervioso autónomo se activa en centros nerviosos ubicados en la médula espinal, el tallo cerebral y el hipotálamo. Frente al sistema nervioso somático, que es voluntario e incide en el músculo esquelético, del sistema nervioso autónomo es involuntario y controla las funciones viscerales. Transmite los impulsos desde el sistema nervioso central hacia los órganos periféricos y también posee fibras autónomas aferentes que transportan información desde las vísceras hasta el sistema nervioso central. Así que se produce un sistema de doble comunicación entre el sistema nervioso y las vísceras. Una vía de doble sentido. El cuerpo recibe hormonas, y el cerebro recoge información del estado de nuestros órganos y músculos. El músculo psoas contraído quizá le esté diciendo al cerebro que estamos en una situación de alerta; así se activa el sistema nervioso simpático, lo que provoca cambios físicos: respiración superficial y más rápida, aumento de la frecuencia cardíaca, envío de sangre a las extremidades, reducción de la irrigación sanguínea en el útero…

El sistema nervioso autónomo está formado por el sistema nervioso simpático y el parasimpático. Ambos inervan (conectan) la mayoría de los órganos y, en función de qué sistema se active, el simpático o el parasimpático, el órgano ofrece una respuesta que generalmente es opuesta. Las fibras nerviosas inervan la musculatura lisa y la estriada cardíaca e interviene en diferentes aspectos:

* Contracción y dilatación arteriovenosa

* Motilidad gastrointestinal

* Procesos circulatorios, respiratorios y digestivos

* Frecuencia cardíaca.

Podríamos decir que el sistema nervioso simpático pone en marcha los mecanismos de gasto energético del órgano, mientras que el sistema nervioso parasimpático conserva la energía del mismo. Algunos de los efectos de la activación del sistema nervioso simpático en el cuerpo son:

* Aumenta la frecuencia cardíaca

* Aumenta la presión arterial

* Aumenta la frecuencia respiratoria

* Aumenta el riego de sangre al cerebro

* Es un vasodilatador coronario

* Provoca la vasoconstricción genital

* Inhibe la digestión

* Estimula las glándulas adrenales

* Provoca sudoración

* Eriza el cabello

* Inhibe la salivación

* Contrae el esfínter vesical interno

* Relaja la vejiga

Algunos de los efectos de la activación del sistema nervioso parasimpático en el cuerpo son:

* Disminuye la frecuencia cardíaca

* Disminuye la presión arterial

* Disminuye la frecuencia respiratoria

* Reduce el riego sanguíneo al cerebro

* Provoca vasoconstricción coronaria

* Provoca vasodilatación genital

* Estimula la digestión

* Aumenta la secreción salival

* Relaja el esfínter vesicalinterno

El sistema nervioso simpático inerva los músculos de las paredes uterinas a través de los ganglios mesentérico inferior y lumbosacros, y su función es la de vasoconstrictor; es decir, disminuir el aporte de sangre al músculo. El sistema nervioso parasimpático, por su parte, provoca el reposo y la relajación de las fibras musculares por él inervadas e incrementa el aporte de sangre a las mismas.

Hemos señalado que el sistema nervioso autónomo es involuntario; sin embargo, puede ser alterado por diversos factores como las emociones, los tóxicos, el dolor o un traumatismo. Ambos sistemas funcionan juntos de forma alterna proporcionando al cuerpo las reacciones precisas en función de la situación en la que se encuentre. En situaciones de estrés, ira o miedo, el sistema simpático es el primero en reaccionar. Imaginemos que hemos crecido en un ambiente hostil y nuestro cuerpo se ha debido adaptar y responder a situaciones donde hemos sentido miedo, estrés o ira. La ansiedad y el estrés han sido amigos de los seres humanos desde el inicio de los tiempos, y es la respuesta normal a situaciones de miedo o peligro. Estamos preparados para sufrir estrés o ansiedad ante determinadas situaciones y por un tiempo limitado, como una oportunidad para variar el comportamiento vegetativo del organismo: proporcionar más sangre a los músculos, mayor capacidad respiratoria, mayor resistencia al esfuerzo físico, más rapidez… Para lo que no estamos preparadas, y es algo terriblemente disfuncional, es para sostener altos índices de ansiedad y estrés durante un tiempo prolongado. En estas situaciones de estrés sostenido o ansiedad generalizada hemos alterado la respuesta natural del sistema nervioso a regresar al reposo o período de recarga energética después de un gasto previo. Es como si hubiésemos desconectado el sistema nervioso parasimpático y nuestro cuerpo no lo activara naturalmente. Así podemos explicar cómo es posible dormir ocho horas sin descansar, la sensación de falta de energía y el cansancio crónico o ser incapaces de desconectar en una tumbona a la orilla del mar.

Vamos rápido de un lado a otro, como en un presto de una partitura. Corriendo, pensando, con el diálogo mental enchufado a todas horas soltando sus programas basura, proyectando lo que haré después y recordando lo que pasó ayer… ¡Uf! Nos sentimos empujadas por la espalda a toda velocidad de compromiso en compromiso, con horarios, plazos, tensión… Pero, si te fijas bien, la sensación de estrés puede acompañarnos independientemente de la situación en la que nos encontremos. Es casi como una forma de ser y estar en el mundo: corriendo, ansiosa, rápida, preocupada… Jubiladas estresadas, madres estresadas con niños estresados, estudiantes bajo presión, turistas que corren…

En Yucatán, un camarero mexicano me dijo: «Miraos. Los europeos vais de un lado a otro corriendo, con el ceño fruncido y la ropa manchada de sudor… Y estáis de vacaciones. Nosotros, que trabajamos aquí, sonreímos, vamos despacio y no sudamos…».

Me sentí no sólo tonta sino avergonzada por cómo los occidentales vivíamos. A partir de ese momento, comencé a caminar despacio, como ellos hacían, que era la única manera de no deshidratarte a 30 ºC y con un 90 % de humedad. Y veía a los turistas correr, con un gesto preocupado y un aire ausente mientras pisaban, ajenos, uno de los paraísos naturales del planeta.

Ni siquiera en vacaciones podemos desconectar de la sensación de peligro, el estado de alerta y la preocupación en que hemos crecido. Si la mayoría de nosotras pudiéramos ver nuestra infancia y la manera en que hemos sido educadas, nos daríamos cuenta de que aceptar ese modelo de niña buena nos ha obligado a ofrecer una respuesta inadecuada ante las exigencias de la vida. La inacción o la indefensión aprendida ha sido uno de los grandes ejes de la buena educación en esta cultura patriarcal. No sentirnos capaces de modificar las circunstancias de nuestra vida es una enseñanza que, como niñas, hemos aprendido. Se valoraba de las niñas la sumisión, la fácil adaptación, que fuéramos maleables y dóciles. La no protesta. Y esto ha supuesto alterar nuestra biología y las respuestas adecuadas que la naturaleza nos ofrece. Una continua resistencia a las respuestas típicas ante el peligro (huida o ataque) nos deja sin fuerza y agotadas energéticamente. Ya que, en contrapartida, asumimos una presión y una protesta interior que no tienen salida, pero que nos causan un malestar íntimo que se filtra en otros aspectos de nuestra vida.

Mente, cuerpo, emociones

Mente

El cerebro constituye una antena con la que procesamos el mundo que nos rodea. El problema es que esta antena maravillosa no sólo capta el mundo, sino que también lo interpreta a su manera. Aquellas de nosotras que sufrimos abusos de pequeñas puede que tendamos a vivir el papel de víctimas una y otra vez. O quizá nuestra historia fue en la infancia la falta de comunicación y, ahora, de adultas, seguimos sintiéndonos aisladas. Cualquiera que fuese nuestra historia en la infancia (lamentablemente todas las historias se parecen algo entre sí), nuestra manera de ver la vida y vivir está irremediablemente influida por ella. Creo que hasta que no tomemos conciencia de la cantidad de dolor que portamos, no seamos capaces de ver nuestros patrones de pensamiento y no vivamos hasta el final las emociones reprimidas, no podremos liberar nuestra mente de nuestro pasado.

Las mujeres portamos, además de una historia de desamor con nuestros padres, las limitaciones que la buena educación, las normas sociales y la religión nos han legado. Los modelos de niñas buenas, educadas, complacientes, sometidas, serviles, calladas, quietas, mudas, inocentes, vírgenes y frígidas extienden sus cadenas hasta las mujeres adultas que somos. En mayor o menor medida, todas podemos identificarnos con estos modelos impuestos por las buenas maneras. El resultado de esta educación es una mente escindida del cuerpo, unos deseos reprimidos, la desvitalización considerable del poder y la energía femeninas. El neurocientífico Antonio Damasio, en su obra *El error de Descartes*, nos ofrece una visión del cuerpo en la que primero existimos y después pensamos frente a la famosa aportación de Descartes «Pienso, luego existo». Damasio asegura que el alma respira a través del cuerpo y el sufrimiento ya empiece en la piel o en una imagen mental, tiene lugar en la carne.

Cuerpo

Desde bien niñas aprendimos a no tocarnos a la vez que a no saltar ni gritar. Aprendimos a no desear placer a la vez que hablar sólo cuando nos preguntaran. Aprendimos a complacer al otro (aunque el otro fuera un pederasta). Aprendimos que lo que sentimos, pensamos y deseamos no es lo importante. Es decir, nos sometieron. Es posible observar las huellas de este sometimiento en nuestros cuerpos y en los de las demás mujeres. Observa la espalda de las mujeres por la calle, sus hombros, la forma de caminar, el rictus de la cara, la tensión que manifestamos en general, la desvitalización de la energía, los rostros apagados, el pelo quebradizo, las mandíbulas apretadas…

Y ahora, observa interiormente tu propio cuerpo. De pie, con las manos a lo largo del cuerpo y los ojos cerrados, respira varias veces. Lleva toda tu atención al cuerpo (que consiste en un querer ver de verdad, como quien mira por un microscopio, que pone toda su atención en esta acción). Observa tu cuerpo y recorre los puntos de tensión, la posición de la espalda, el gesto de la boca, la tensión del entrecejo, los posibles dolores… Observa todo bien. Cada tensión tiene su origen en una tensión mental y emocional, y se refleja en el cuerpo físico de forma precisa. Es como una llamada de atención. Ahora conscientemente intenta relajar esas tensiones que no son necesarias para sostener tu postura. Observa tus resistencias a soltar el cuerpo y liberarlo de sus anclajes y bloqueos.

Éste es un buen momento para observar qué ideas tenemos sobre nuestro propio cuerpo, nuestra sexualidad y nuestra condición de mujer. Ahora, date cuenta de si has realizado este ejercicio desde el interior o has imaginado tu cuerpo frente a ti. Intenta penetrar con tu atención en tu cuerpo, desde su interior atiende las sensaciones, el espacio interno…

Esta disección cultural entre el cuerpo y la mente tiene repercusiones en nuestro sentir, en el alcance que nos permitimos experimentar en nuestras sensaciones corporales y, al final, como asegura Damasio, en las decisiones que tomamos en la vida. No sentirnos seguras en el primer espacio que habitamos, nuestro cuerpo, es el primer peldaño de una escalera de inseguridades que nos deja sin fuerza para afrontar muchas de las decisiones de la vida.

Emociones

Las emociones son la respuesta psicofisiológica ante un estímulo interno (una idea) o externo (una situación). Es decir, las emociones conectan el cuerpo y la mente. Por eso, las emociones se registran físicamente. Solemos decir que tenemos un nudo en el estómago cuando estamos nerviosas; es la respuesta física que colapsa el plexo solar (una zona de nuestro cuerpo especialmente densa en terminaciones nerviosas situada tras el estómago). O que sentimos náuseas cuando algo nos da asco. El ritmo cardíaco se modifica, así como la tensión arterial, si estamos de buen humor y felices.

Pero, cuando una emoción es muy desagradable, tanto que no podemos tolerarla, o cuando hemos tenido una experiencia traumática en edades muy tempranas, cuando la mente no puede lidiar con la situación, el cuerpo bloquea la sensación de malestar, y con ella la emoción. Y así las emociones desagradables o inadecuadas se van anclando en nuestro cuerpo físico. Aparecen en forma de tensiones musculares, contracturas, posturas corporales, dolores de origen no físico…

Podríamos definir las emociones como la descarga energética y hormonal que acompaña a un pensamiento o a una respuesta. En el útero, moldeado por la educación y bloqueado por emociones como la vergüenza, la ira, el miedo, la culpa…, residen gran parte de nuestras emociones bloqueadas. El único método que conozco para liberar nuestro cuerpo de las emociones bloqueadas es voluntariamente vivirlas de nuevo con plena conciencia y hasta el final. Dado que la emoción es una descarga, aparece en forma de ola, se produce un despliegue, un punto máximo y después una retirada de la intensidad. Si permanecemos atentas observando este oleaje y permitiendo que nos atraviese, la emoción pasa y se aligera la tensión en nuestro organismo.

A muchas mujeres este método les parece incómodo. Ciertamente lo es. Pero creo que no hay crecimiento si una no se compromete a observar los miedos y los dolores que hemos reprimido durante nuestra existencia. No conozco un trabajo eficaz que no incluya en algún momento tomar conciencia de nuestro malestar. A fin de cuentas, se trata de poner luz sobre lo que ya existe; no se trata de añadir más dolor, sino de ver el que hay. Entonces el cuerpo se va aflojando y, literalmente, somos más ligeras y flexibles. Este proceso requiere de algo de voluntad y valor, o lo que yo llamo Poder. La vitalidad y la energía emanan del útero. Así que si el mismo útero, de donde debe salir la capacidad para ir adelante en la vida, se halla debilitado, ¿cómo haremos para comenzar?

Conciencia

El diccionario de la Real Academia Española (RAE)[1] define «conciencia» como:

«1. f. Propiedad del espíritu humano de reconocerse en sus atributos esenciales y en todas las modificaciones que en sí mismo experimenta.

2. f. Conocimiento interior del bien y del mal.

3. f. Conocimiento reflexivo de las cosas.

4. f. Actividad mental a la que solo puede tener acceso el propio sujeto.

5. f. Psicol. Acto psíquico por el que un sujeto se percibe a sí mismo en el mundo».

La conciencia es uno de los elementos fundamentales para la liberación del cuerpo físico, mental y emocional. Es la herramienta que vamos a utilizar para trabajar con nuestro cuerpo. Tener conciencia significa darnos cuenta. Tenemos conciencia medio ambiental si somos conscientes de la importancia que el medioambiente tiene en nuestras vidas y en los demás seres vivos y las interacciones entre ellos. Tenemos conciencia si nos damos cuenta de lo que ocurre. Hay una enorme espiral de conciencia por la que ascender. Desde la conciencia de los propios pensamientos (la clásica meditación en la que observamos, sin dejarnos atrapar por ellos, los pensamientos que emergen de la mente) hasta la conciencia corporal (integrar el cuerpo de forma que haya

---

1. www.rae.es/

un contacto permanente con él) o emocional (darse cuenta de lo que siento en cada momento). Además, podemos salirnos de nuestro mundo subjetivo interno y físico y ampliar esa conciencia a los demás seres que nos rodean (personas, medio ambiente) o a aspectos más sutiles de la experiencia, como la energía, por ejemplo. La definición que la RAE hace del término nos da pistas de las posibilidades que ampliar la conciencia puede proporcionarnos. El filósofo fenomenológico francés Merleau-Ponty explica en su obra la importancia de ser un cuerpo-experiencia frente a un cuerpo-objeto para poder desarrollar el proyecto personal vital. Para él, no somos un cuerpo y una mente, esta separación no es más que una ficción. Somos una conciencia corporeizada.

Localización del útero

En general, estamos tan desconectadas de nuestro cuerpo de mujer que muchas de nosotras no sabemos ubicar el útero. Hay varias formas de comenzar a sentirlo.

Une tus manos por los dedos índices. Después une los dedos pulgares. Quedará entre ellas un espacio romboide. Coloca los pulgares sobre el ombligo y acerca el resto de los dedos hacia la pelvis. Allá donde tus dedos índices se colocan, puedes situar tu útero.

Otro ejercicio consiste en contraer la entrada de la vagina desde el exterior hacia el interior. Los músculos se irán tensando conforme vas contrayendo hacia el interior del cuerpo. Notarás que la contracción se dirige hacia delante. Esa contracción, que mete tu vientre, es el útero. Quizá te cueste sentirlo, pero cuando conectes con él lo sabrás, porque experimentarás el centro de gravedad de tu energía vital, lo que significa aplomo, fuerza y lucidez.

Técnica de entrenamiento autógeno de Schultz

La denominación «entrenamiento autógeno» procede etimológicamente del griego autos 'sí mismo' y gen 'devenir', y podría traducirse como el entrenamiento para devenir en uno mismo.

Este método de relajación es conocido desde 1912 y aún hoy se utiliza habitualmente. El método de entrenamiento autógeno es un método sencillo para lograr una rápida y eficaz relajación en todo el organismo. La relajación que se puede ver descargando el código QR que se incluye en el libro, es una adaptación de este método especialmente indicada para relajar el útero. Los efectos de su práctica serán evidentes, no solo en el útero, sino también en otros aspectos de tu vida. Lo que sí necesita este método es constancia. Cada día hay que realizar esta relajación. En la grabación de la página web, encontrarás las indicaciones para que puedas contar con una relajación guiada. Al principio, para asegurarte de que la haces de forma correcta, puedes usar la grabación. Después, cuando ya la hayas memorizada, podrás relajarte sin, la grabación en poco tiempo.

El entrenamiento autógeno de Schultz trata de obtener una relajación completa del cuerpo a través de sensaciones que se refieren al sistema vegetativo. En general, se crean dos sensaciones básicas a través de la autosugestión: pesadez y calor.

Se trata de repetir unas frases y observar cómo el cuerpo las acepta y experimenta. Como ya he dicho, esta técnica es un entrenamiento: necesita de tu constancia para llevarlo a cabo. Quizá en las primeras sesiones no aparezcan todas las sensaciones. No te preocupes, es normal. Al principio puede que cueste un poco, pero con la práctica se irá perfeccionando. En otras ocasiones, pueden aparecer sensaciones placenteras de ingravidez y relajación absoluta. Es normal. A veces, algún órgano puede ser especialmente «rebelde» a nuestras órdenes. Sigue intentándolo en siguientes sesiones y no le des demasiada importancia.

Ésta es una herramienta bastante ingeniosa y se basa en las técnicas milenarias que ya se conocían en el Raja Yoga. Por eso se dice que está muy cerca de las técnicas de meditación. Schultz publicó en 1932 su libro *El entrenamiento autógeno*, ofreciendo a Occidente parte de este legado y adaptándolo a nuestra cultura. Cuando un músculo está en estado de relajación suelen presentarse dos sensaciones: pesadez en ese miembro y calor. La pesadez implica que nuestros músculos están en total reposo y no sostienen tensiones, mientras que el calor es producido por la dilatación de los vasos sanguíneos. Al reproducir conscientemente estas dos sensaciones en nuestro cuerpo, lo inducimos a experimentar la relajación que habría dado origen a estas sensaciones. Es decir, recreamos las sensaciones y el cuerpo actúa creando el estado que las hubiese generado.

Esta técnica de relajación está indicada para todas las mujeres, independientemente de su edad o situación: adolescentes, embarazadas, madres, mujeres menopáusicas, ancianas… Incluso aquellas que hayan sido sometidas a una histerectomía pueden aumentar la propiocepción y practicar esta relajación, ya que aunque el órgano físico haya desaparecido, pueden aumentar la propiocepción y potenciar la energía y el poder del vientre o segundo chakra.

¿Cómo funciona
el entrenamiento autógeno?

Como hemos visto anteriormente, el útero, que es un órgano muscular, está enervado por los dos sistemas nerviosos del sistema nervioso autónomo: el sistema nervioso simpático (SNS) y el parasimpático (SNP). El SNS lo que provoca es la tensión de estos músculos y una disminución del riego sanguíneo al órgano, mientras que la activación del SNP provocaría la relajación de las fibras musculares y una mayor afluencia de sangre al órgano. Además, el hecho de estar uno u otro sistema funcionando tiene también efectos en el resto de los órganos que comparten espacio con el útero en la pelvis y en el sistema sexual de la mujer. Para que el orgasmo se dé, es necesario un cierto grado de excitación sexual y de relajación al mismo tiempo. Si el SNP no puede ponerse en marcha y continuamos teniendo sensación de peligro, preocupación o estrés, es altamente improbable que se alcance el clímax sexual o el parto sea fluido. Además, una mayor afluencia de sangre al útero nos garantiza una mayor conexión entre el cerebro y el músculo, entre la oxitocina (hormona implicada en el parto y en la lactancia tanto como en el orgasmo) y los receptores de oxitocina que se encuentran en las fibras musculares del útero. Es decir, permitimos que el juego biológico que pone en marcha el sistema sexual se active globalmente.

La práctica del entrenamiento autógeno nos permite acceder con mayor facilidad a un estado de relajación profunda, lo que equivale en la práctica a activar el SNP. Esta técnica ha sido estudiada una y otra vez y son numerosos las investigaciones médicas y científicas que avalan los efectos físicos y psicológicos que su práctica ofrece. En 2012, el equipo del Departamento de Neurología del Hospital Universitario de Essen (Alemania) se propuso investigar la modulación del dolor durante el estado mental obtenido en la relajación autógena. En el estudio demostraron, a través de imágenes obtenidas mediante resonancia magnética, las modificaciones que la práctica del entrenamiento autógeno había provocado en el cerebro durante un proceso doloroso. Se activaron campos cerebrales diferentes en las mismas personas cuando éstas se encontraban en estado de relajación al ser sometidas a dolor.[1] Incluso la aplicación de este tipo de relajación ha sido estudiada en relación a enfermedades como el síndrome de colon irritable. En la facultad de medicina de la Universidad de Tohoku (Japón) llevaron a cabo un experimento en el que enseñaron a 11 personas el entrenamiento autógeno, mientras a otras 10 les ofrecían información sobre hábitos alimenticios sanos y estilos de vida. Los resultados obtenidos en este estudio demostraron una gran diferencia de respuestas entre ambos grupos y revelaron que el entrenamiento autógeno es un excelente aliado para reducir los efectos del síndrome de colon irritable.[2] Tanto las reacciones al dolor como los movimientos y reacciones del colon hunden sus raíces en el funcionamiento del sistema nervioso autónomo. Por lo que, por éstos, y por otros muchos estudios realizados, puede inferirse que es posible acceder al funcionamiento del sistema nervioso autónomo a

1. Naglatzi, R. P.: *Cerebral somatic pain modulation during autogenic training in FMRI*. University Hospital Essen. Alemania, 2012.

2. Shinozaki, M.: «Effect of autogenic training on general improvement in patients with irritable bowel syndrome: a randomized controlled trial». *Appl Psychophysiol Biofeedback* 2010;35:189-198.

través del entrenamiento autógeno. Existen numerosos estudios científicos publicados sobre esta técnica de relajación; otro ejemplo lo encontramos en la reducción del tono vagal y las pulsaciones en casos de ansiedad.[3]

En enero de 2011, creé el blog http://estudiosobreelutero.blogspot.com.es. Ofrecí la posibilidad a cualquier mujer que lo deseara probar en sí misma los efectos de esta relajación. Recogí datos y les envié a cada una de ellas una grabación de la relajación para que practicaran a diario durante tres meses y me enviaran semanalmente información de sus avances. Cerca de 90 mujeres se interesaron en el estudio, aunque sólo unas pocas llegaron al final y me enviaron informes semanales. De los resultados del grupo de mujeres que practicaron durante estos tres meses, podemos inferir que la relajación de útero (Figura 1) implicó:

- Para el 90% de las participantes, un incremento del deseo sexual y un mayor placer sexual (orgasmos más profundos e intensos).

- Para el 100% de las participantes que sufría dismenorrea primaria y terminaron las 12 semanas de práctica, una reducción significativa del dolor. De ellas, el 75% aseguró que los dolores habían remitido completamente. El 25% restante expresó una reducción significativa del dolor.

- La mayoría de ellas aseguraron poseer más vitalidad y energía; sentirse más seguras y confiadas.

---

3. Miu, A. C.: «Reduce heart ratevariability and vagal tone in anxiety: trait versus state and the effect of autogenic training». *Auton Neurosci.* 2009 Jan 28;145(1-2):99-103. doi: 10.1016/j.autneu.2008.11.010. Epub 2008 Dec 6. PubMed PMID: 19059813.

Figura 1

Evaluación del dolor menstrual en mujeres con más de 10 semanas de entrenamiento autógeno

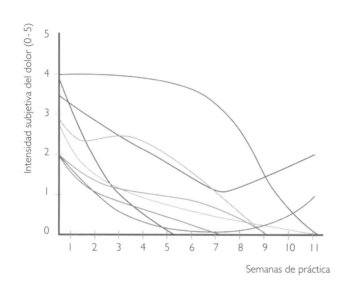

Apreciación subjetiva del dolor

0. Ausencia de dolor

1. Ligera molestia

2. Dolor moderado

3. Dolor intenso

4. Dolor fuerte

5. Dolor muy fuerte

Número de mujeres con más de 12 semanas de práctica: 10

Número de mujeres con dismenorrea: 8

Edad de las mujeres participantes: 22-38 años

Instrucciones

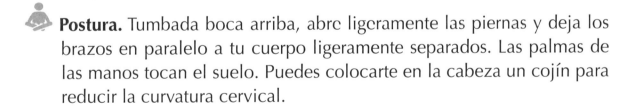

Espacio para realizar los ejercicios. En general, las condiciones del lugar donde llevemos a cavo la práctica tienen que cumplir unos requisitos mínimos:

- Ambiente tranquilo: Sin demasiados ruidos ni estímulos exteriores.

- Temperatura adecuada: La habitación debe tener una temperatura moderada (ni alta ni baja) para facilitar la relajación.

- Luz moderada: Es importante que la habitación tenga una luz tenue.

Postura. Tumbada boca arriba, abre ligeramente las piernas y deja los brazos en paralelo a tu cuerpo ligeramente separados. Las palmas de las manos tocan el suelo. Puedes colocarte en la cabeza un cojín para reducir la curvatura cervical.

Si estás embarazada, esta postura puede no ser muy cómoda para ti. Te propongo que eleves ligeramente el tronco del cuerpo de forma que dejes un ángulo de unos 30 o 45° entre tu espalda y el suelo. Puedes probar también a practicar sentada con la espalda recta y apoyada en un sillón.

¿Cómo hacer la relajación?

1. Siente las sensaciones indicadas.

2. El peso y el calor son dos sensaciones que están presentes en los estados de relajación (los músculos de destensan y los vasos sanguíneos se dilatan, por lo que llega más calor a los órganos).

3. Una propuesta para llegar a sentir esto es poner toda tu atención en los órganos citados. Como si tu atención pudiera entrar en ellos.

4. Túmbate boca arriba y cúbrete con una manta si la habitación está algo fresca.

5. Antes de comenzar, respira hondo varias veces y repite mentalmente: «Ahora voy a relajar mi cuerpo y mi útero».

La relajación comienza por el brazo derecho para las mujeres diestras. Para las zurdas, por el izquierdo; es por ello que las grabaciones encontrarás dos versiones de la relajación. Después de relajar un brazo, pasamos al otro. Posteriormente serán las piernas las que se relajen por completo. Con las extremidades totalmente relajadas, nos centraremos en el plexo solar, un centro de terminaciones nerviosas que se encuentra detrás del estómago a medio camino entre el ombligo y el comienzo del esternón. Cuando nos ponemos nerviosas, es donde suele producirse el llamado «nudo en el estómago». Sentir calor en este punto suele ser extremadamente placentero. Puedes visualizar una llama en él, si te cuesta sentir calor. Imagina una corriente de calor que se expande por tu tórax.

Después sentirás un soplo de aire fresco sobre la frente. Esto se hace para evitar posibles dolores de cabeza al dilatar en exceso los vasos sanguíneos de la cabeza.

Las mandíbulas y la barbilla serán los siguientes puntos de atención. Muchas mujeres sienten cambios en su zona pélvica al relajar el mentón. Puedes probar masajeando ahora la barbilla. La tensión de la barbilla y el útero están directamente conectadas (son el quinto y segundo chakra de los sistemas energéticos orientales).

Para terminar, nos centraremos en el útero sintiendo calor en él en primer lugar, y después enviándole amor. La relajación tiene una duración de 14 minutos aproximadamente. Mi recomendación es que durante las dos primeras semanas la practiques 2 veces al día. Luego, con sólo practicarla una vez al día es suficiente. Conforme vayas adquiriendo pericia en su práctica, podrás acortar los tiempos dedicados a cada extremidad y acceder a un estado profundo de relajación en muy poco tiempo.

La relajación

Aquí reproduzco el texto de la relajación de forma que, si lo prefieres, puedes aprenderlo de memoria y no utilizar la grabación.

Mi brazo derecho pesa. (x6)

Estoy muy tranquila.

Siento mucho calor en mi brazo. (x6) Estoy muy tranquila.

Mi brazo izquierdo pesa. (x6)

Estoy muy tranquila.

Siento mucho calor en mi brazo izquierdo. (x6)

Estoy muy tranquila.

El pulso es tranquilo y regular. (x6)

Estoy muy tranquila.

Mi pierna derecha pesa. (x6)

Estoy muy tranquila.

Siento mucho calor en mi pierna derecha. (x6)

Estoy muy tranquila.

Mi pierna izquierda pesa. (x6)

Estoy muy tranquila.

Siento mucho calor en mi pierna izquierda. (x6)

Estoy muy tranquila.

El plexo solar es como una corriente de calor. (x6)

Estoy muy tranquila.

La frente está agradablemente fresca. (x6)

Estoy muy tranquila.

Mis mandíbulas pesan. (x6)

Siento calor en mis mandíbulas. (x6)

Mi barbilla pesa. (x6)

Siento calor en mi barbilla. (x6)

Estoy muy tranquila.

Siento mucho calor en mi útero. (x6)

Siento mi útero relajado.

Siento cómo mi útero se relaja.

Ahora mi útero está relajado. (x6)

Siento amor por mi útero.

¡Estira los brazos, respira hondo y abre los ojos!

Es importante que focalices la atención en cada una de las zonas u órganos que se nombran en la relajación. La intención es sentir la pesadez y el calor en cada área citada. La intensidad con la que sientas estas sensaciones está relacionada con la cantidad y calidad de la atención que pongas en el proceso. No se trata de repetir estas frases de forma mecánica. Sino de sentir las instrucciones y las sensaciones que en ellas se ofrecen.

Según Schultz el entrenamiento necesita en primer lugar recogimiento y concentración, que se oponen a la dispersión y la distracción, frecuentes en los sujetos agotados. Cerrar los ojos, desprenderse del mundo exterior, reencontrarse sólo con uno mismo son otros tantos componentes del recogimiento.

Puede que te duermas al principio del entrenamiento. No pasa nada, es señal de que te estás relajando. Mi consejo es que hagas dos sesiones al día, una por la mañana, al despertar, y otra por la noche al irte a la cama. Pero no las hagas ni tan dormida que te inviten de nuevo a dormir por la mañana ni tan agotada por la noche que te impidan terminar. De todas maneras, eres tú quien tienes que determinar qué tiempos te van mejor.

Efectos de la relajación del útero

Si llevas a cabo esta relajación, pronto comenzarás a notar beneficios. La experiencia nos indica que hay un proceso más o menos similar en las mujeres que inician este camino. En una primera etapa, puedes sentir un mayor deseo sexual, más vitalidad y energía, más seguridad personal, experimentar orgasmos más profundos y completos, capacidad para crear, menstruaciones sin dolor…

La contrapartida es que, al poseer más energía, vas a hacer circular muchas de las emociones que permanecían ancladas en tu cuerpo. En ese momento, puedes comenzar a experimentar rabia, ira, enfado… Estas emociones, aunque te puedan parecer molestas, están empujando para salir de tu cuerpo ya que, por alguna razón, quedaron reprimidas en él. Te recomiendo que des rienda suelta a estas emociones sin herir a nadie. Puedes hacer deporte, golpear la cama con un palo de forma que puedas dejar salir la ira mientras la observas como un testigo (sin identificarte con ella, siendo un canal a través del cual pasa la ira), puedes crear (pintura, arcilla, etc.). También te sugiero llevar un diario en el que volcar todo ese peso que suponen las emociones bloqueadas durante tantos años. Pero no descuides la parte física. Las emociones están en el cuerpo, y es el cuerpo lo que deberás atender.

Y por último, una vez hayas liberado tu cuerpo de las emociones densas del pasado, te encontrarás viviendo desde una auténtica serenidad y poder. El término «poder» puede ser una palabra llena de significado esotérico. No la empleo de este modo; me refiero a poder hacer, poder decir, poder sentir, poder crear…, lo que desees. Es decir, poder vivir tu vida como quieras sin estar pendiente de las opiniones de los demás y sin necesitar la aprobación externa. Y entonces, como por arte de magia, todo cambia, y tu vida se vuelve más tuya y, al fin, comienzas a vivir la libertad.

Algunos efectos de la relajación del útero son:

* Menstruaciones sin dolor.

* Partos más cortos, fáciles y/o sin dolor.

* Un mayor deseo e incremento del placer sexual.

* Más seguridad personal y fuerza interior.

* Más creatividad.

* Un incremento de la vitalidad y la energía.

* Un mayor autoconocimiento.

* Más libertad y poder de decisión.

Aquí te presento algunas de las experiencias que las mujeres practicantes de la relajación del útero han relatado:

«Sólo quería mandarte un beso lleno de ilusión, pues anoche hice la relajación y hoy he continuado y me siento con energía y cada vez más conectada conmigo, con mi cuerpo. Creo que hoy ya lo he notado latir!!! (mi útero)».

«En estas semanas (más de dos meses ya) practicando la relajación del útero he podido comprobar muchos de los efectos de los que nos hablaste. El primero, y casi inmediato, fue la relajación de la barbilla. Yo siempre tenía las mandíbulas contraídas y rechinaba los dientes, y en los primeros días de relajación mis mandíbulas y mi barbilla se relajaron completamente».

«Quiero agradecerte nuevamente el trabajo precioso que estás haciendo, ahora con otra profundidad al haberlo experimentado, hasta tengo la voz más honda) Y sabes, más fuerza, más serenidad, más claridad, creatividad, seguridad, placer… maravillas».

«Al iniciarse la parte del calor en el útero, comencé a sentir latidos que iban de la mitad inferior del vientre a la entrada de la vagina (parecidos a los de un orgasmo, cuando se contraen las paredes vaginales, pero mucho menos espasmódicos, más suaves). Y así hasta el final de la relajación. ¡Qué gusto! No me lo podía creer. Vamos, es que te lo estoy contando y no me lo creo todavía, y eso que ahora me ocurre en cada relajación. Es una gozada. No esperaba en absoluto un efecto tan rotundo».

Ejercicios

Junto a la relajación encontrarás una serie de ejercicios que puedes realizar de forma complementaria cuando lo desees. Suele ser de ayuda hacer el ejercicio *Purificación del útero* cuando las emociones negativas comienzan a aflorar. ¡Comenzar el día con el ejercicio *La Sonrisa interior* es genial!

El poder y la energía que emanan del útero pueden ayudarte cuando sientas que flojean tus fuerzas. Es un excelente ejercicio para sentir todo tu poder. De todas maneras, atrévete a ser tu propia guía en tu proceso interior. Utilízalos como y cuando quieras. ¡Que los disfrutes!

 https://obstare.com/relajacion-del-utero-diestra/

 https://obstare.com/relajacion-del-utero-zurda/

https://obstare.com/purificacion-del-utero/

https://obstare.com/sonrisa-interior-del-utero/

Una última cosa...

Ya hemos visto cómo la forma en que hemos sido criadas y educadas, los modelos de mujer que hemos asumido y nuestra necesidad de afecto han producido cambios en nuestro cuerpo. Son las huellas del patriarcado: útero contraído, garganta bloqueada, tensión en los hombros y en el plexo solar... Éstas son las cadenas con las que el patriarcado, generación tras generación, ha ido constriñendo a las mujeres y las niñas durante milenios. En antropología existe un concepto que revela perfectamente este hecho. Se trata del *embodiment* o cómo la cultura entra físicamente en el cuerpo, cómo lo moldea y modifica sustancialmente. Te pondré algunos ejemplos: la forma de caminar, la sexualidad que disfrutamos, nuestra postura, la movilidad de la pelvis... están profundamente influidas por nuestro entorno. No es difícil adivinar que mi sexualidad no es igual que la de una mujer brasileña o que mis caderas no se mueven igual que las de una mujer africana o que no camino igual que una mujer masái... Cada una de nosotras muestra en su relación con su propio cuerpo los designios y los valores que la cultura en la que ha crecido le ha ido imponiendo.

Reconocer sus huellas y liberarte de ellas es entrar de lleno y con paso decisivo en un nuevo mañana en el que las cosas, por supuesto, serán diferentes.

En la medida en que cambie tu forma de sentir y habitar el cuerpo, cambiarán tus respuestas ante la vida y podrás transformar tu realidad.

Habitar el cuerpo es la mayor de las aventuras y estás a un paso de comenzar a hacerlo.

¡Enhorabuena!

Bibliografía recomendada

BUCKLEY, S.: *Gentle Birth, Gentle Mothering: A Doctors Guide to Natural Childbrith and Gentle Early Parenting Choices.* Celestial Arts, 2009.

DARDER, M.: *Nacidas para el placer. Rigden Institut Gestalt*, Barcelona, 2016.

CHIA, M. y CARLTON ABRAMS, R.: *La mujer multiorgásmica.* Neo Person Ediciones, 2003.

ODENT, M.: *Las funciones de los orgasmos.* La vía rápida hacia la trascendencia. Ed. OB STARE, 2011 (2.ª ed.).

PINKOLA ESTES, C.: *Mujeres que corren con lobos.* Ediciones B, Barcelona, 2007.

PIONTEK, M.: *El Tao de la mujer.* Luciérnaga, Barcelona, 2004.

RODRIGÁÑEZ, C.: *La represión del deseo materno y la génesis del estado de sumisión inconsciente.* Crimentales, Murcia, 2008.

VALLS-LLOBET, C.: *Mujeres, salud y poder.* Cátedra, Barcelona, 2009.

Contacto

Si desea contactar con la autora, puede hacerlo a través de su blog: www.elutero.es

O a través del correo electrónico: info@elutero.com